Q版特工

梁科慶

Q版特工 43　街頭魔術師與消失的孩子
作者／梁科慶
策劃編輯／賴百樂
協力編輯／卓希雪
美術設計／葉智聰
插圖／右貓
出版發行／突破出版社
香港沙田亞公角山路 33 號突破青年村
電話：2632 0000　傳真：2632 0388
電郵：breakthrough@breakthrough.org.hk
網址：http://www.breakthrough.org.hk
http://www.btproduct.com
承印／海洋印務
2024 年 2 月初版 1 刷

Ah Wing, the Secret Agent 43: The Magician
by Leung For-hing
First Printing, First Edition, February 2024

Printed in Hong Kong
ISBN 978-988-8562-97-8

誠邀閣下就突破出版社的書籍發表意見

歡迎加入突破書籍 Facebook page — http://www.facebook.com/btbooks.page

本書採用環保油墨印刷

成長文學

目錄

序：隨緣隨心

陳心樂

能夠認識科慶，一切都是緣。

從小就喜歡閱讀及寫作的我，一直都是《Q版特工》的忠實粉絲，到後來讀大學，我在圖書館做兼職，親眼見到科慶，難掩心中的興奮。

工作期間一有機會就找他聊天。那時年輕的我一直在思考將來到底想成為一個怎樣的人，科慶的出現，讓我覺得，呀，如果我長大後，可以成為像科慶一樣的好人就好了。工作方面，他是一個很好的上司，宅心仁厚，說得最多的一句話就是「無所謂啦」。寫作方面，他是一個很好的前輩，我經常拿我的文章給他看，他都給我很好的意見，每當有寫作上的問題請教他，他都不吝嗇地賜教。不明白我何德何能得到科慶的疼愛，他每出一本新書，都會送一本給我。後來我大學畢業，出來社會工作，自資出版了四本書，我每出版一本，也會送一本給科慶。這算是一個很好的傳承吧，我也希望如果我的讀者有機會成為作者，也會送他的書給我。

科慶一直知道我喜歡變魔術，也有留意我在社交平台上傳的街頭魔術表演片段。有一天，他突然跟我說：「《Q版特工》新一集有一個主要角色是街頭魔術師，取名做陳心樂，你說好不好？」我立刻答應！後來他竟然跟我說陳心樂是拐子佬。我覺得沒所謂吧！只要能成為《Q版特工》裏的角色，就算是奸角也都很好。我厚顏無恥地要求為這一集寫序，科慶一口答應，我受寵若驚。

科慶為這一集做了很多資料蒐集，自幼學習魔術的我可以告訴你們，書中所提及的魔術效果及魔術手法全都是真實存在的，我非常欣賞科慶的用心。

然後我想說……

序

科慶呀，科慶，你也太窩心了吧，你弄哭我了……

書中的陳心樂是以我為原型創作出來的角色，他在書中說出的對白都反映了我的價值觀與人生觀，閱讀此書時，我一直陪着書中的心樂一起掙扎，看到最後，也讓我想通了一直糾纏我的人生課題，讓我釋懷。

這些年來，活在香港的我們都經歷了很多很多轉變，但轉變並不可怕，只要我們能了解最原本的自己，能保持最單純的初心，去到哪裏，都可以活得自在。所以，就隨緣隨心吧。

非常感謝科慶送我這份如此厚重的禮物。

寫於二〇二三年初

連環拐帶

阿Wing離開台灣之際，被委託偵查拐帶小孩案件，鎖定疑犯是一名街頭魔術師。

1

公園裏，步道縱橫交錯，小徑四通八達，殊途同歸，全都通往中央小湖，聽說管理員在湖裏養過美麗的熱帶魚，一家大小在湖畔觀魚餵魚曾成為公園的一道風景，但自從有人偷偷在湖裏放生長大後不能再作寵物的烏龜，熱帶魚的數目愈見減少，湖水也愈見混濁，日間在湖畔停留的人也愈來愈少。

晚上，湖面泛着在雲隙間半遮半掩的月亮倒影，初菊色調的光芒四下灑落，漸漸滲入水中，離月影較遠的湖水黝黑如墨，僅在水面閃着點點粼光，黝黑貪婪地吞噬一切色彩，就像龜吞吃魚般。

樹頂的天空劃過一抹枝椏狀的閃電，灰暗的夜空剎那間明亮起來，讓人清楚看見雲層由灰而黑的層次。

閃電過後，夜空回復一片灰濛。

快下雨了，公園籃球場上的年輕人陸續散去。

熱鬧的籃球賽沒多久變得沉寂，「劈劈啪啪」的運球聲音、「龐隆」的灌籃聲音，以及入球後的歡呼、中框不入的慨歎，不復聽見。

然而，沉寂不等於沒人。大部分人在下雨前趕回家，惟獨兩男一女的少年人例外。三人留在場畔，男的打了整晚球，累得不想說話，女的看了整晚球，悶得不想說話。

又一抹閃電照亮天空，遠方響起陣陣低沉的悶雷。

「好悶呀——快下雨啦——」馬尾女孩伸腳輕踢坐在看台下層高瘦男孩的背部，「你們不打球了，我們回家追劇。」

「你喚大毛吧，他好像睡着了。」

「喂，你走不走？」馬尾女孩拾起一個不知誰遺在看台上的空膠瓶，擲下，「卜」的砸中一個胖男孩的肥肚子，他躺在臨近底線的三分線上，拉高球衣，背出肚皮。

「待雨下出來……也不遲……」大毛揉搓肚皮，「渾身臭汗，當作淋浴。」

「你瘋了嗎？我才不陪你瘋，我要回家。」

「你有手有腳，要回自己回。」大毛翻了半個身，背着馬尾女孩。

「我沒門匙，拍門會吵醒奶奶，你把門匙給我。」

「多待一會吧，讓我先享受下雨前的涼爽。」

「什麼鬼道理……」馬尾女孩嘬嘴嘟囔之際，一個身穿黑色兜帽及長袖衛衣的男子從湖畔小徑穿出，走進籃球場。

「魔術師來啦。」大毛馬上跳起來，「嗨！魔術師，你好嗎？今晚來得這麼遲，大家都跑光了，只剩我們三兄妹。」

「觀眾不在乎多寡，只在乎忠實，貴精不貴多。」馬尾女孩雀躍，「你今晚表演什麼？」

「變戲法就要快，下起雨來，大家都變落湯雞。」高瘦男孩冷言冷語，低頭漫不經心地把弄腳旁的籃球。

「魔術師的表演又精彩又創新，你老是潑冷水。」大毛走到高瘦男孩右側，坐定，「我們要待人有禮，老師沒教你嗎？」

魔術師來到三人跟前，沒拉下兜帽，揚起嘴角露出一絲故作神秘的微笑。在明亮的 LED 泛光燈照耀下，籃球場成為他的表演舞台。

「你要表演什麼？空中飄浮還是刀鋸美女？我可以當你的模特兒。」

「下次吧，今晚沒帶道具。」魔術師把衣袖拉到手肘，轉了轉手腕關節，放鬆手指，然後從褲袋裏拿出一副全新的撲克牌，從容地拆開包裝，「今晚簡單一些。」他的手指筆直修長，雙腕圈着十多根五顏六色的橡皮筋，臂上密麻麻的刺滿紋身圖案，最矚目的是左前臂外側的暗黑少女頭像：紅眼睛，尖耳朵，拈着一張黑桃Q遮着嘴巴。

「又是撲克牌，了無新意。」高瘦男孩就是不捧場。

「撲克可以千變萬化。」他「得」的打個響指，看不清什麼手法，用左手持着的撲克牌，以拇指為軸心散開成一把圓扇，他把「扇」遞到馬尾女孩面前，「隨便抽一張，別讓我看見你抽什麼。請。」

嘖嘖稱奇的馬尾女孩小心地選了一張紅心A。

魔術師的右手抖了抖，憑空變出一枝藍色原子筆，交到馬尾女孩手裏。

「嘩！你怎做到？」馬尾女孩尖聲叫嚷。

「在牌上寫點東西，也別讓我知道。」

大毛勉強拉起高瘦男孩擋在馬尾女孩身前充當人牆，不讓魔術師看見她寫什麼。」

「寫好了。」馬尾女孩在紅心A牌上多畫一個藍色的心形圖案。

「把牌插回來。」魔術師「唰」的收摺「圓扇」，還原成一塊「撲克磚」，待馬尾女孩把牌插進「磚」間，他純熟地作單手切牌，上上下下的切了一會，女孩早已看不出她那張牌在什麼位置。

「古老傳說，五十二張撲克牌的數字和花紋並非隨意訂定的，所以吉卜賽人把撲克應用到占卜。」魔術師提高難度，改用雙手作花式切牌，時而旋牌，時而拉牌，「紅心象徵春天、感情；方塊象徵夏天、旅行；梅花象徵秋天、工作；黑桃象徵冬天、困難……」

兄妹三人看得眼花繚亂。

「好悶呀！」高瘦男孩故意打呵欠。

「別打岔。」馬尾女孩又踢他的背部。

魔術師停止切牌，把「撲克磚」平平整整的放在左掌心，牌背朝天，然後故弄玄虛的用右手食指在撲克上彈響一聲清脆的「噠」。

「你那張牌會不會就是第一張？」大毛緊張地拍一下馬尾女孩的膝蓋。

「以他的作風，沒這麼簡單。」馬尾女孩輕咬下唇。

魔術師掀開最頂的撲克牌，沒瞧牌面一眼，只讓三兄妹清楚看見牌面的花紋和數字，他一眼不眨的盯着牌背，道：「紅心6，意味即將收到一份禮物。」

「真的是紅心6耶，你有透視眼麼？」大毛高高舉起拇指。

「別天真，他做了手腳，牌背有記號。」高瘦男孩繼續抬槓。

「撲克是全新的。」馬尾女孩駁斥高瘦男孩的武斷。

「無知婦孺。」高瘦男孩一臉不屑。

「黑桃J代表朋友的背叛。」魔術師不理會他們的鬥嘴，繼續掀牌，「方塊5，預示與愛人分手……」

「精彩！」馬尾女孩大力拍掌。

「值得拍掌麼？你那張牌仍不知所蹤。」

「啊！對呀，你還沒把我的牌變回來。」

「魔術這回事，純粹掩眼法，他手快，你眼慢，遮遮掩掩，蒙混過關……喂，你的指頭別指着人，幹嗎？」

「她那張牌在你身上。」魔術師停下來，指頭正正的指着高瘦男孩。

「開玩笑……」高瘦男孩扯高球衣，展露營養不良般的瘦削上身，「在哪？在哪？」

馬尾女孩和大毛露出一副難以置信的表情，高瘦男孩與魔術師之間隔了大毛，他又敵視魔術師，魔術師要把撲克牌放在他身上，他一定不肯合作。

「在你的褲子後袋裏。」魔術師把指頭的角度稍微向下。

「放屁！我一直坐着……」高瘦男孩站起，反手摸摸褲袋，登時愣住了，難以置信的表情跑到他的臉上。

「怎樣？把牌拿出來耶！」馬尾女孩扯他的手。

高瘦男孩仍舊愣住。

「你不拿，我替你拿。」大毛不放過他，伸手去抓。

「不要……扯破我的褲袋……」高瘦男孩避開，一邊逃進籃球場，一邊從褲子後袋裏掏出一張撲克牌，把它擲在地上。

那正是馬尾女孩在上面畫了一個藍色心形圖案的紅心A。

「下雨啦！回家啦！」高瘦男孩俯身拾起籃球，一溜煙似地奔出球場，頭也不回。

「再見了。很精彩！謝謝！」馬尾女孩和大毛跑在後面，也跑出籃球場。

啪嗒——啪嗒——

豆大的雨點滴落籃球場。

雨愈下愈密。

三兄妹趕緊跑進騎樓底，跟我擦身而過。我收起單筒望遠鏡，撐開透明塑膠雨傘，走進雨中，擋住魔術師的去路。魔術師跟我打個照面，掃我一眼，滿臉不爽。

「又是你，你有證據就拘捕我，沒證據就別煩我。」說罷，他繞過我，走進我身後的騎樓底。

「案都是你作的，我一定找到證據，把你繩之於法。」

雨點「滴滴嗒嗒」的打在透明傘上，在平滑的塑膠弧面順流而下，形成一道又一道的水紋，在傘骨末端匯聚水珠，累累串串的直墜地面。

我認定他是嫌疑犯並非單憑直覺，各種客觀線索都直接指向他，就連本地警察也懷疑他，只是欠缺實質證據，規例所限，他們才沒採取行動；而我，在這異地城市沒執法權，不然，按我的作風，早就把他抓去拘留室軟硬兼施，逼使他露出馬腳。

本來我已買了機票離開，留下來是經不起朋友的請求。

2

近日，市內接連發生小孩拐帶，拐子佬是個戴着小丑帽和面具的男人，藉着變糖果、變玩具吸引小孩，趁機拐帶。有幾次，家長及時察覺，搶回小孩，警察到場前，那小丑男像變魔術般消失得無影無蹤。不幸的是，有些家長未能及時察覺，小孩跟小丑男一同失蹤，包括朋友的三歲兒子。兩日前，媽媽接兒子放學，因與其他家長談論有趣的話題，一時分神，兒子在公園裏不見了，事發後，有途人指稱一個戴小丑帽和面具的人曾在公園裏跟學生搭訕。由於之前的連環拐帶案毫無進展，朋友認為警方沒辦法替他尋回兒子，請求我幫忙。

看見彷徨無助的年輕爸爸把尋子的希望交託給我，看見不斷自責的年輕媽媽哭得肝腸寸斷，我實在於心不忍，一口答應了。

受人所託，忠人之事，何況小孩被拐兩日，即使沒生命危險，也遭嚇壞，救人如救火，我停止執拾行李，立即趕往幼稚園看看有沒有線索，如果是同一個戴小丑帽的拐子佬所為，我有信心連其他被拐的小孩也一併尋回。

到達幼稚園，適值放學，由於兩日前有學生失蹤，校園的保安工作明顯加強，校外停泊了一輛警車，幾個老師站在門外，逐一跟學生說再見，同時一再向學生確認前來接放學的就是家長。這些措施雖給我一種賊過興兵的感覺，但站在家長的角度，的確多了一分安心。幼稚園旁邊的小公園就是小孩失蹤的地點，平日家長總讓小孩在那兒玩一會，相熟的媽媽三三兩兩的聚在一起東家長西家短，今日小公園裏小孩絕跡，只剩得幾個老人在讀報、下棋、聊天。有些不明事理，甚至橫蠻無理的小孩，因不能如常到小公園玩耍而鬧脾氣，家長當然不敢冒險順從，又哄又罵的把他們拉上機車，台灣家長駕駛機車的技術我不懷疑，但小孩在哭鬧的狀態坐機車尾，就不由得我不擔心，即使乖乖上車的，上了整天課，有些已累得瞇起雙眼，小孩睡着了從機車跌下來的新聞不時見報，奈何，台灣人從老到幼習慣以機車代步，或許從機車跌下來是成長的必經階段吧。

幼稚園門口刁斗森嚴，沒什麼線索發現，我轉到案發地點看看。在這個敏感時期，陌生臉孔在幼稚園門外流連，杯弓蛇影難以避免，才在小公園裏繞了半個圈，已被一男一女便裝警察截停盤查。

不想多費唇舌解釋，我合作地取出證件，以及一張名片，請警察致電名片上的政府官員，對方自會說明我的身分，證實我不是壞人。女警官將信將疑地打電話，跟對方談了一會，掛線後跟男警官交代幾句，便把證件和名片還給我，態度也變得客氣。

我反過來向他們探聽案情。

他們知道我是半個自家人，又曾幫助台灣警方破案，都樂意把所知的告訴我。

「那兒是男孩失蹤前最後出現的位置。」女警官指着滑梯與鞦韆之間的小片空地，空蕩蕩的沒一個人，顯得寬闊而冷清。

「那段時間，男孩的媽媽正跟其他家長在長椅那邊閒話家常。」男警官補充，「她們仍不時回望滑梯這邊，注視小孩有沒有打架、跌倒之類。」

「那，她們可有看見拐子佬？」我左看右看，兩邊雖有點距離，但視野無阻，小孩有任何異樣，家長總會察覺。

「其中一個家長回想，小孩曾在滑梯後面圍在一起，她以為小孩在玩遊戲，沒放在心上。」女警官輕輕歎氣，「案發後，不止一個街坊告訴我，他們看見小孩圍觀看一個戴小丑帽和面具的男人表演魔術，那人蹲在地上，又有滑梯阻隔，長椅那邊的家長看不見他。」

「這樣說來，那小丑男是有意避開家長的視線。可是，近日不是發生連環拐帶案嗎？新聞也有報道，小公園裏人來人往，應該很多路人看見，看見的人沒覺不妥嗎？」

「第一，這世界不少人對世事不聞不問，平日沒留意新聞的，大有人在。第二，在附近有個大哥哥常表演街頭魔術，街坊誤以為小丑男就是那大哥哥扮的。」

「聽起來，那大哥哥應被列為嫌疑犯，他透過表演魔術跟小孩混熟了，取得小孩的信任，也令街坊降低對他的戒心，你們怎不……」

「我們已查問過他，他有不在場證據。」女警官翻開記事簿，「他聲稱案發時在看電影，還交出戲票存根作證明。」

「有沒有人證？例如一起看電影的朋友。」

「倒沒有，他獨自看電影。不過，有三兄妹看見他乘搭公車離開社區，按登車時間和車程計算，符合他前往電影院的說法。」

「戲票可以預先購買，買了可以不入場，登上公車可以中途下車。那人叫什麼名字？」

女警官瞧一眼記事簿，再瞧一眼男警官，男警官默不作聲。默不作聲可理解為默許。女警官的想法跟我一致，她在空白頁上寫了那人的姓名、住址，撕下來對摺再對摺，然後交到我手裏。

「嫌疑犯」的住址就在附近，不用開車過去，Google map 顯示步行五分鐘可到達，我便把車子留在小公園前面的路邊泊車位，徒步前往。

老實說，我不喜歡在台灣的人行道上步行，因為根本沒人行道可言，常見的狀況，行人需走出馬路邊，如果路邊又停了違法泊車，就要走進行車線範圍，與車爭路。

人行無路，原因是店鋪門前騎樓底下的人行道常被店家佔用。最常見的是食店，營業時，店主把流動爐灶推到店外，煎炒煮炸炆蒸焗滷，鑊氣十足，水滾湯熱，人行道就變成廚房重地，閒人免進。過路的閒人都不敢越雷池半步。至於那些非食店，門前的人行道就成為店主的私人車位，停泊機車的還好，起碼你仍有空間通過，若停泊汽車，就無路可行。

街角的糕餅店更誇張，店主用透明圍板把人行道封起來，擺放桌椅，讓客人安坐，一面吃糕餅，一面看街景，我由左邊的出入口進入糕餅店的「街景雅座」，無視女店員的熱情打招呼，穿過右邊的出入口，走到一爿機車店門外，機車店的店主更離譜，在人行道上堆放舊輪胎、更換機油，又髒又臭又滑又濕，縱有足夠空間讓我通過，我寧願走到馬路上。

雖然後悔，但已走了三分鐘，還是繼續走下去，不過想起晚一點沿路折返小公園取車，頭就開始痛。

晚一點的煩惱，便留待晚一點解決吧。拐個彎，轉入橫街，來到「嫌疑犯」的住處，也是一爿機車店，沒營業，捲閘放下，門頂的招牌殘舊，字體褪色，看不清楚店名，看來停業已久。閘邊裝有門鈴，試着按，二樓隱約響起鈴聲，不久店內傳出「趴蹉趴蹉」的腳步聲，接着一扇閘門「嘎」的打開，開門的是個高大黑實的青年，三十歲左右，用橡皮筋把一頭長髮凌亂的綁在腦後，濃眉下的眼睛睜得很大，奇怪地打量我，問：「你找誰？」

「你是陳心樂？」我出示一張誤導市民以為我是執法人員的「證件」。

「是。」

「關於近日小孩失蹤，我有幾個問題向你請教，可以進府上談嗎？」

「可以，請進，地方很亂，不要見怪。」他盡量維持表面的客套，語氣明顯有點不爽，「我已告訴你的女同事，我從來不戴面具表演魔術，你們懷疑我只會浪費時間，延誤追查真正的拐子佬……」

「謝謝你的合作，我們辦案不能排除每一個可能。」我跨過門檻，「你住在店內？」

「睡覺和吃飯的地方在樓上，樓下從前售賣和維修機車，現在是我的工作室。」

沒機車的機車店，仍殘留淡淡的油臭，陣年機油已滲蝕地磚，地板污跡處處，牆壁斑斑駁駁，雖然牆上的工具架掛滿各式扳手、起子、鎚子、鑽頭、鋼鋸、直尺等，但工作室內到處都是隨意四散的工具和零件。本來停放機車的地方，擺着大小不一的魔術道具，大型的例如把魔術師五花大綁丟下去水浸沒頂的逃生水缸、把助手大字型的綁在上面讓幪眼魔術師投擲飛刀的圓形刀靶，還有刀鋸美人用的折合式木箱、多用途的躺臥裝置、不知用途的屏風、內有乾坤的斷頭台，一隻獨眼黑貓伏在斷頭台下面，我走近時，牠用正常的右眼瞅着我，眼神充滿戒備，當我踩進牠的「警戒範圍」，牠敏捷地爬起，全身散發敵意，悻悻然跑到屏風後面。

「那貓若躺着不動，我還以為牠是你的魔術道具。」

「牠是流浪貓，吃過不少苦頭，左眼遭流浪狗弄瞎，左耳被政府人員剪掉一角，作為已經絕育、注射疫苗的記號。」

「你好心收養牠？」

「不能說是收養。牠來，我請牠吃貓罐頭；牠去，我不強留。樓上的窗子沒關，牠進出自由，過門是客。對啦，你要喝點什麼？茶、水、啤酒都有。」

「不必客氣，我們節省時間，直入問題。嗯，兩日前你看什麼電影？」

「阿凡達2。你等一下，我找戲票存根給你確認……」

「不必了，你已給我的同事看過。那套電影說什麼的？劇透沒關係，我不打算看。」

「哈！我沒在意導演想說什麼，大概是自然界與科技文明的矛盾、衝突吧，這類電影的套路都差不多。」

「哈？你看電影不知道故事內容，睡着了？抑或沒進場？」

「當然不是，我集中欣賞畫面，例如顏色的變化、鏡頭的調度、光與影的配搭、上天入水的特效，還有背景配樂，挺碎片化的，至於故事情節我沒在意。」

「很古怪的品味。」我仍覺得他沒進場，正在堆砌理由，迴避我的問題。

「的確古怪，所以我看電影很難找同伴。」

「聽說你乘搭公車去看電影。」

「對，呀！我猜到你想探問什麼。門外那輛灰色豐田 Yaris 是我的，三日前送進維修廠更換零件，今早才取回。而且，台中的公車服務很好，十公里車程免費，值得捧場。」

「唔，我們換一個話題。」我環顧四周，他的理由牽強，難以把我說服，「你是職業魔術師……」

「一半正確，我沒職業，我熱愛魔術，不斷鑽研，但不賴以為生。」

「你靠什麼為生？」

「一定要說嗎？」

「不說只會惹我懷疑，對你沒好處。」

「好吧。」他的雙手反按工作枱，借力輕輕後躍，坐上枱面，盤起雙腿，攤開雙手，「這店是家人留給我的，但我這雙手用來維修機車，是埋沒我的天賦，正當我打算把店賣掉，竟給我中了統一發票的特別大獎，八個發票號碼全中，贏了一千萬。」

「一千萬台幣，說少倒也不少，說多卻不算太多，坐食山崩，夠你花五年？十年？」

「我以那一千萬作為本金，投資金融產品，多年來，進帳不少，已翻了幾倍。」

「啊！原來你是個職業炒家。」

「不，我只懂魔術，投資理財是門外漢。很感恩，我另有一個精明可靠的投資顧問，不斷替我賺錢，讓我不愁衣食，專注鑽研魔術。」

「你的投資顧問是哪間金融機構的？」

「你非要她的資料不可？」他誇張地拍一下前額，「她在家工作，答應我，明天辦公時間才找她，現在不方便。」

「從事金融投資的，沒有所謂辦公時間，亞洲的市場收市，美國的市場開市，工作不分晝夜。」我排除他有難言之隱，這只是拖延時間，明天才找他的投資顧問，可能一無所獲，於他不利的證據恐怕今晚全數銷毀。

「總之，現在就是不方便，明早九時後才找她。」他撕下一片廢紙，在背面寫了投資顧問的姓名、住址，待我點頭同意後才肯把它交給我。

我瞄一眼小紙張，竟是剛才經過的街角糕餅店樓上，反正就在回程的路上，我決定來一次突襲，或有意外收獲。

「還有別的問題嗎？」他的送客之意掛在臉上。

看來我一離開，他就聯絡那投資顧問，距離雖短，但不管我的步速多快，總快不過一通電話，我要想個對策。我沉吟片刻，用指頭敲敲大水缸，道：「你精通魔術，怎不表演？」

「有呀，我經常在公園、球場向街坊表演。」

「我指的表演是登台那種，觀眾購票入場，你表演得好，受歡迎，商業贊助自會找上門。既是興趣，也是賺錢的門路，又娛樂大眾，一舉三得。」

「魔術的確需要觀眾。」他跳下工作枱，從腕上解下一根橡皮筋，教我用左右食指勾着，垂直拉長，「沒觀眾的魔術，不管做得如何完美，只是個人練習，不算表演，沒觀眾的驚歎與掌聲，終究是一種欠缺。」他也橫向的勾着另一根橡皮筋，上前抵住我的橡皮筋交疊成一個十字架，「觀眾多少不拘，一個也足夠，現在你就是我的觀眾。」他把橡皮筋向前推，我手上的橡皮筋開始受壓、繃緊、彎曲，他想把其中一根繃斷嗎？繃斷橡皮筋，三歲小孩不怕痛就做到，不算魔術。

然而，怪事忽地發生，我手上的壓力一下子消失，他勾着的橡皮筋竟穿過我的橡皮筋，來到我的胸前。兩根橡皮筋看似完好無缺。

我看得傻了眼。

眼花嗎？還是橡皮筋給做了手腳？

「我的魔術技巧自問世界一流。」他把他的橡皮筋掛在我的拇指上，「魔術是一種純潔無瑕的藝術，不是賺錢的伎倆。」

我檢查兩根橡皮筋，都沒斷沒破。

他的臉上流露一股傲氣，略帶激動地說下去：「我素來不羣不黨，我行我素，瞧不起那些登台表演的魔術師，他們滿腦子取悅觀眾，謀求賞錢。你若以偏執來形容我，我不否認，我就是偏執。我忠於藝術，每天表演純粹的魔術，不求名，不取利。」

我仍被兩根橡皮筋弄得丈八金剛，摸不着頭腦。

「我想，我們的對話到此為止，好嗎？」

「好吧。」我放下兩根橡皮筋，不明白就讓它們不明不白吧。

「等一下。」他指着我手中的小紙張，「我還是放心不下。」

「嗄？」

他「得」的打個響指。

眼前紅光一閃，小紙張突然在我手中無火自焚，瞬間化作灰燼。更奇怪的是，小紙張焚毀時不炙不熱，反覺有點冰冷，我的指掌雖沒被燒傷炙痛，但已給嚇了一跳。

「你這個小把戲，過火了吧？」

「對不起，我信不過你，明早九時前，才透過電話短訊把她的地址傳給你。」

「你不知我的電話號碼，如何發短訊給我？」

「我已把我的電話號碼輸入你的手機，你按鍵致電，我可從來電顯示知道你的號碼。」

「沒可能吧？」我反手從褲子後袋裏取出手機，低頭一看，猛吃一驚，的確如他所說，上面已輸入一組號碼。手機一直插在我的褲袋裏，他一直跟我面對面交談，何時走到我背後？就算他沒把我的手機拿出，隔着褲袋按鍵輸入，我沒可能渾然不覺！若然他不是弄我的手機，而是刺我一刀，我豈不是死得不明不白！身為專業特工，栽在這個無名小卒手下，真失敗！

「厲害，厲害，我告辭了。」我收起手機，沒掌聲的拍了幾下手，保持鎮定，不在臉上露出任何表情，緩緩轉身，推開閘門，跨過門檻，離開這結業已久的機車店。

「慢行。」陳心樂靠在門邊。

「如有需要，我會再找你。」我徐徐慢行，轉出大路，一離開陳心樂的視線，隨即拔足而奔，初次交鋒，敗了一仗，第二仗我要收復失地，他不知用什麼方法燒掉小紙張，以為就可阻礙我找他的投資顧問，他太輕看我了，我瞥一眼地址，就記在心裏。

跑過正在營業的機車店，從右邊的出入口跑進糕餅店的「街景雅座」，無視女店員的熱情打招呼。

剛巧糕餅陳列櫃旁邊的鐵門打開，樓上的住客外出，我趁鐵門沒關上，閃身切入，跑上二樓，找到B室拍門，一秒也不浪費，此時陳心樂正在等候我的來電，沒想到我已來到那投資顧問的家門外。

「你找誰？」一個貌似脾氣很硬的男人開門，他的口裏叼着香煙，衣鈕解開，領帶鬆脱，看來是剛下班回家，正更換衣服。

「我找林慧姍。」

「你誰呀？」男人滿臉不悦。

我出示「證件」。

「稍等一下。」他不情不願地回身喊道：「慧姍！警察找你！」

「警察？」一把嬌滴滴的聲音從屋內傳出，一陣拖鞋跫音過後，一個用髮捲把瀏海向內捲起、露出白皙前額與淡掃蛾眉的女子來到門前，「我是林慧姍，有何貴幹？」

「打擾了，我想請教一下關於陳心樂的事……」

「媽的！又是那傢伙！」男子登時發作，怒擲香煙，粗魯地扳林慧姍的肩，「我告訴你多少遍，不要理睬那傢伙，你就是不聽，現在招惹警察上門了！」

「警察上門又如何？你還沒搞清楚什麼一回事，而且心樂始終是我的客戶……」

「你的客戶多的是，多他一個不多，少他一個不少，你分明捨不得他。」

「徐國安，你講不講理？拜託，不要無理取鬧。」

「你敢回嘴！」徐國安揚起巴掌。

「先生，不要動粗。」我抬手擋格。

「關你屁事！老子不怕警察。我們的家事你管得了嗎？」徐國安甩開我的手，扯退林慧姍，握着門把，打算大力關門。

我單足墊步，抵住門板，肩頭一靠，把門逼開，跳進屋內。徐國安關門不成，反被我逼退三步，這才明白我比他強。他不敢面對強者，老羞成怒，把脾氣發洩在林慧姍身上，他掄起指頭，指着她的腦袋，破口罵道：「說到底，就是你不好，容讓那傢伙跟你糾纏不清，今天我就跟他來個了斷。」

「你要幹什麼？」林慧姍慌了。

「我幹什麼不用你管，你留在家裏好好回答警察的問題，把那傢伙的醜事、壞事老老實實告知警察。」徐國安掃我一眼，「你辦你的公務，別管我的私人恩怨。」

「先生，你先冷靜下來……」

徐國安怒氣沖沖，捲起衣袖，就往外跑。

「警察先生，快阻止他，他會受傷……」

徐國安剛跑出大門，清楚聽見林慧姍的話，但見他背部抽搐，自尊心又傷一重，他大吼一聲，發瘋似地衝下樓梯。

怪不得陳心樂一再叮囑「現在不方便」，原來林慧姍的吃醋男人在這時候下班回家，但我沒時間後悔，立即追下樓梯，以我的速度，徐國安轉入橫街前，我已把他追上，阻止他找陳心樂晦氣。

可是，當我跳出樓下的鐵門，赫然看見徐國安與陳心樂在糕餅陳列櫃前狹路相逢。

情敵見面，份外眼紅。徐國安連喝罵也省卻，撲過去，揮拳就打，對女店員的高聲勸止，充耳不聞。

陳心樂即將眼角中拳，但見他陡地扯起身旁的桌布，雙手揚開，高舉過頭，遮在身前，遮擋徐國安的攻擊路線。如蠻牛一般的徐國安氣上口頭，區區一張桌布如何攔得住他？

小心！

我想起蠻牛與勇士之間的紅布，所不同的是，在紅布背後等候蠻牛的是尖矛與利劍，現在桌布背後等候徐國安的是空氣與桌椅，陳心樂消失了，徐國安撲了個空，連人帶布撞翻桌椅。

「呀！流血呀！」女店員尖聲驚叫。

徐國安的額角撞中桌角，桌毀人掛彩，血流披面。

「快打電話召喚救護車。」林慧姍跑過去，拿手帕替徐國安按壓傷口。

糕餅陳列櫃後面，不可思議的，陳心樂施施然鑽出來，站在我身旁，瞪我一眼，再瞧着忙亂的林慧姍，慍然道：「你不是應承我明早才找慧姍嗎？警察真的不可信。」

我轉頭瞅着他，再沒歉意，傳聞彷彿在我耳畔響起女警官在小公園裏的話：

「警察到場前，那小丑男像變魔術般消失得無影無蹤。」

擾攘半小時後，徐國安被送進醫院急症室。

警察完成簡單筆錄，初步以徐國安不慎跌傷結案，陳心樂願意賠償糕餅店的損失，三方都互不追究，最終小事化無。

醫生在治療室內為徐國安的傷口縫針，陳心樂識趣離去，我與林慧姍坐在等候區的長椅上。

「國安的嫉妒心很重，脾氣又臭。」林慧姍盯着治療室的玻璃門，「念在他真心愛我，他這些缺點，我可以忍受。」

「陳心樂呢？」

「心樂是個好人，但不是一個好丈夫、好爸爸。」

「何解？」

「我跟心樂住在同一個小區，青梅竹馬，自幼一同上學、一同玩耍，長大後成為戀人，直至談婚論嫁，一切看來順理成章。我忘了何時開始，心樂迷上魔術，愈來愈沉迷，沉迷的程度超乎你的想像，為了練習一個手法，他可以不眠不休不吃不喝一天、兩天、三天，勸不聽，罵不醒，試想，將來有了孩子，他會不會花時間在孩子身上，教他們做功課？跟他們玩遊戲？」

「我想，他會把孩子綁在刀靶上，蒙眼擲刀，目標是孩子頂在頭上的蘋果。」

「天呀！我也這樣想過，超恐怖耶！」她掩着臉，哭笑不得，「而且，他不願打工，不願繼承家業，更不願靠表演魔術賺錢，將來誰來養家？所以我選擇做事腳踏實地的國安，也是順理成章。」

「聽說，他中了統一發票特別獎，一千萬，你又替他投資獲利，真的嗎？」

「都是真的。不過，中超級大獎的機率低之又低，一生人沒第二次，而投資也從沒長勝將軍，一九九七年亞洲金融風暴、二〇〇三年SARS、二〇〇八年雷曼兄弟破產、二〇一九年新冠病毒疫症蔓延，每次所引發的全球金融海嘯，不管你的財力多雄厚、投資眼光多獨到，都輸得焦頭爛額，我不能保證永遠為他賺錢，

只能盡力而為，讓他在不務正業的狀況下，衣食無慮。我清楚自己的底線，不能與一個不事生產的男人廝守一生。分手是我主動提出的。我不會忘記那天，我們在公園湖邊的小教堂見面，其實那不是真正的教堂，只是一座外形像教堂的休憩建築，天下着微雨，雨點落在湖裏，咚咚的響個不停，小教堂的彩繪玻璃在沒陽光的下午，份外顯得悲淒，我以為自己會哭。他慣性的遲到，來到我面前時，沒絲毫歉意，沒體會我的感受，只是為我變出一朵紅玫瑰，我瞧着他手中的紅玫瑰，心情變得很奇怪，突然淚意全消，平靜且坦然地向他說分手，哭的反而是他……」

人沒完美，各有優點與缺點，視乎你欣賞什麼、能忍受什麼，林慧姍所作的取捨，說出來輕描淡寫，內心幾番掙扎，旁人難以體會。三角關係，聽見就煩惱，我不想聽下去，既然跟案情無關，我迅速遁逃，爭取時間，追查另一條線索——目睹陳心樂乘搭公車的三兄妹。

那三兄妹今年就讀高小。大哥叫大毛，是個小胖子，貪吃貪玩；老二叫二毛，長得又高又瘦，老師老是擔心他長高不長肉，發育不健全；三妹叫三毛，漂亮伶俐，樣子跟兩個哥哥沒半分相似，人們懷疑她是爸爸在大陸包小三所生的。三兄妹的媽媽早年跟男人跑掉，爸爸長年在大陸的台資工廠當副廠長，三人的日常起居由奶奶照顧，奶奶年紀大，管不住他們，今晚一放下飯碗，二毛就搶先拿起籃球往屋外跑。

「這麼晚還去玩，家課做了沒有？快下雨了，帶把雨傘呀！」

「今天沒家課。」三毛說。

「奶奶你眼睏就上牀睡覺，不用等我們，我帶了門匙。」大毛說。

二毛打開大門，卻被我擋在門口，他立即煞住腳步，尾隨的三毛亦及時停步，惟獨大毛反應遲緩，像火車頭般從後追撞三毛，引發連鎖碰撞，三人一球一併撞進我的懷裏，雖是小孩，但衝力出奇的大，撞得我的肚腹隱隱作痛。

「哎喲……」大毛喊痛最大聲。

夾在中間的三毛搓着頭，二毛掩着鼻。

「咚咚隆隆的，你們搞什麼？」奶奶放低髒碗髒碟，急急跑到門口看個究竟，「咦，你是什麼人？」

我亮出「證件」。奶奶看不懂，小孩聽不明，只知我是執法人員，上門調查案件。

奶奶帶孫兒返回客廳，教他們端正坐好，老實回答我的問題。

「其實……我並沒看見他，三毛說看見他登上公車，二毛又說他坐在車尾，我若不附和，好像顯得我的視力不濟，所以我也說看見他乘搭公車。」

「其實……我不太肯定坐在車尾的是不是他，不過，從後面看，他那把長髮，在社區裏沒第二個，不是他還有誰？」

「其實，我沒看見他的正面，不過正如二毛所說，他束在腦後的瀟灑長髮，獨一無二……」

「我從沒說他瀟灑，只覺他邋遢。」

「我不准你說他壞話……」

「好了，好了，我總結一句，你們根本就不肯定兩日前乘搭公車離開社區的人就是陳心樂，是嗎？」

「是——」

案發時，陳心樂的不在場人證已變得不可靠。

「對啦，你們什麼時間看見那個疑似陳心樂的人？」

「吃午飯的時候。」大毛肯定地回答。

「慢着，你們不是在學校裏吃午飯麼？為何跑到公車站？」

「我們……」三毛偷看在開放式廚房裏洗碗擦碟的奶奶，壓低嗓子說：「蹺課……」

「夠了，夠了，我們要去打球，你還有問題，明天到學校找我們吧，我們便不上課慢慢回答吧。」二毛抱着籃球便溜。

「這麼晚還去玩，家課做了沒有？快下雨了，帶把雨傘呀！」奶奶拿着濕答答的抹布從廚房範圍走出客廳。

「今天沒家課。」

「奶奶你眼睏就上牀睡覺，不用等我們，我帶了門匙。」

頑童要溜沒法阻，我站起身，拍拍奶奶的手背，道：「我告辭了，謝謝你們合作。」

「先生，晚飯吃了沒有？」

「咕……」豈止晚飯，午飯我也沒吃，空空的肚子裏上演一齣「雷鳴金鼓戰笳聲」。

「我今天煮了一大鍋滷肉，飯還熱，雖然不是什麼名貴東西，但我的滷汁是家傳秘方，食材是新鮮的半肥瘦五花腩，用文火炆煮，肉稔汁濃，別處吃不到。」

她邊說邊返回廚房，掀開鍋蓋，飄出陣陣肉香。

「我不客氣了，謝謝！」說罷，方察覺自己不知何時挨飯桌坐下。

有人捧場，奶奶甚是歡喜，趕快捧出一大碗滷肉飯，熱騰騰，香濃濃，教人垂涎欲滴，怪不得大毛這麼胖，二毛的瘦卻是不合理。

「我開動了。」美食當前，我急不及待的連扒兩大口。

「好吃嗎？」

「非常好吃。」我說出奶奶期待的回應，並非賣口乖，實乃我的由衷之言。

「請盡量多吃。」

被奶奶看着我扒飯，氣氛倒也尷尬，光說「謝謝」不足夠，於是隨口問問：「在大陸工作的兒子今年回來過春節吧？」像在家裏多出來的空位，擺個溫馨的盆栽，目的是找個溫馨的話題，並非關心他的兒子。

「他今年不回了。」奶奶失望的聲音裏夾雜着深沉的歎息。

「為什麼？一定是工作忙，努力掙錢，趕訂單，跑不開。」

「可不是呢！上星期通視像時，他説工廠實施閉環式管理，大門口有大白（防疫工作人員）把守，嚴防嚴控，嚴格遵行動態清零。什麼閉環？什麼清零？我一概不懂，只知兒子不能離開工廠，不能回家過新春，唉！我早就勸他別去大陸當什麼副廠長，但他説要報答老闆的知遇之恩，盡心盡力替老闆打拚，現在工人不是確診，就是逃掉，工廠的生產線幾乎停頓，拚個屁！丟下三個屁孩給我管教，我這副老骨頭，跑不動，喊無力，如何管？怎樣教……」

「……我吃飽了。」

「多吃一碗，慢慢吃，慢慢聊。」

「真的飽了，謝謝款待，我還有事辦，再見。」吃還可以，聊就免了，我最沒耐性聽老人家發牢騷。

「快下雨，隨便挑把雨傘。」奶奶指着放在門後一堆看似撿拾回來的舊傘，

「用完即棄，不必歸還，你不嫌棄雨傘老舊吧？」

「不嫌棄……」我怕她囉嗦，勉為其難選了一把透明塑膠傘，一眼看透，確保撐開沒蜘蛛、蟑螂丟下來。

「小心慢走，有空請來坐。」

「請回請回。晚安。」我拿着傘，辭別奶奶，順步走下樓梯。

天空劃過一抹枝枒狀的閃電，灰暗的夜空剎那間明亮起來。

閃電過後的籃球場，空空蕩蕩，陳心樂站在木板看台前為大毛、二毛、三毛表演魔術，道具似乎只得一副撲克牌。我躲在騎樓底下，拿出望遠鏡，監視他如何下手，他一下手拐帶小孩，我就當場逮捕他。可惜，最後小孩一個接一個的跑掉，只剩下他一人撿拾地上的撲克牌。畢竟，一人拐帶三個會跑會跳會蹺課的高小頑童，難度滿高。

看來，他要等另一趟機會，我亦一樣。

「隆……」

下雨了。

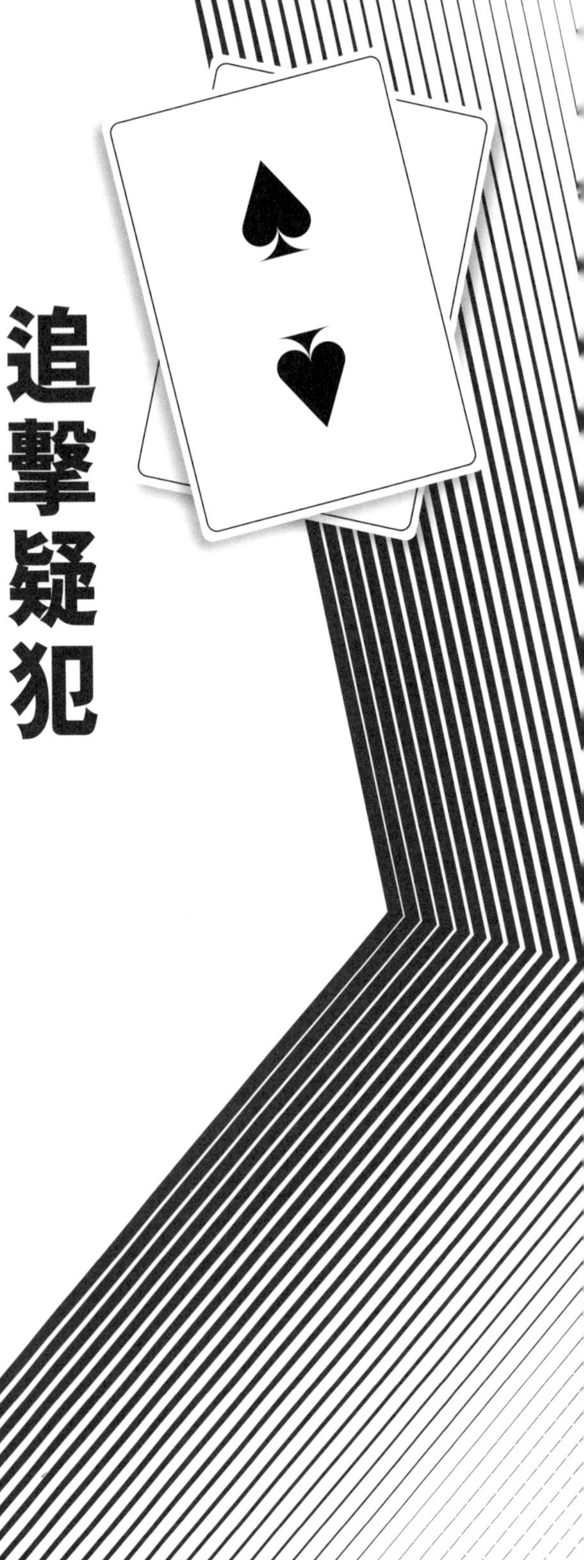

追擊疑犯

在魔術師聚集的咖啡店見識「魔壺」表演後，發現另一個疑犯……

1

我把車子開進台中火車站附設的地下停車場，停放好後，與陳心樂沿樓梯走回地面，穿過站前廣場的出入口重見天日。我們背後的舊車站建於日治時期，一九〇六年通車，經歷一九三五年及一九九九年兩次嚴重地震，以及二次世界大戰期間的美軍空襲，車站雖曾受損，迄今依然完好，巴洛克式建築搭配山牆式設計，屋頂由青銅片鋪拼，在陽光下散發一派古典雅麗，是台中的「打卡」勝地。

然而，不像其他遊人，此行並非為了瀏覽拍照，也沒空暇光顧美食街，我們筆直的經過廣場上的巨型裝置藝術品、綠化植被、古老車廂擺設，走到十字路口才停下，等候行人過路燈轉綠時，我才多看一眼高掛在百貨公司外牆的巨型市長競選廣告，佩服現代科技的美顏秀圖技術，把候選人的外形「打造」得年青俊美、儀表出眾。

不用等太久，燈號轉綠，汽車紛紛煞停，在長長的車陣之間讓出三公尺寬的過路空間。我們走在人流之中，置身馬路上無形的汽車廢氣裏，幸好還戴着口罩。儘管口罩令已撤消，在戶外無需戴上口罩，路人依然戴着，理由人人不同，不外乎這些：家裏存貨太多；早已習慣；新冠病毒感染數字仍偏高，大家都不放心；進入室內如非飲食仍需戴上，省卻又除又戴，便乾脆戴着。

交通繁忙的路口，行人過路燈的倒數甚短，走得慢的，還未登上「彼岸」，燈號已轉紅。我們的步速剛好，踏上人行道不久，背後又是一陣車聲隆隆。

「差不多到了。」陳心樂似乎擔心我不耐煩，「就在前面髮型屋隔鄰的地庫。」

「走吧。」我把「還有多遠」這句話吞回肚子裏。

髮型屋的玻璃門趟開，走出一個盛裝打扮的婦人，她的頭上頂着時髦的雲朵燙，跟我們擦身而過時，散發濃烈的髮膠與香水的氣味，隔着口罩刺激我們的嗅覺，我們都經不起挑戰，各打一個大噴嚏，狼狽地跑下地庫樓梯，除下口罩，大大的張口透氣，直至呼吸暢順，才步入咖啡店。

咖啡店的生意不錯，客人三三兩兩的平均分佈店內，沒空桌剩下，我們朝着吧枱前面的空座位走去。左側的客人把一張撲克牌夾在雙掌之間，不斷摩擦，像要擦掉牌上的點數；右側的桌上陡地升起一小包咖啡粗糖，不知下一步會不會糖包裂開，糖粒自動跳進咖啡杯裏；前方火星閃閃，我以為那客人用打火機點煙，待要多口提醒他室內禁煙，看清楚，他以自己的拇指和食指充當火石，互相摩擦，擦出火花。

這裏彷彿是一個多元化的魔術演練場地。

陳心樂拉開高腳凳，也拉我坐下，沒徵得我的同意，便向咖啡師點了兩杯拿鐵。

自我們進入咖啡店，客人不管交談的、切磋的都不約而同注視我們。我若無其事的掃視一周，認得在座的好幾個是專門拆解魔術技法的網紅，也有經常出鏡表演的魔術師，看來全都是行家，邊喝咖啡邊交流魔術心得。

「呵——哈！我還以為認錯人，原來是心樂大師，很久不見啊！今天吹什麼風？」在牆角獨佔一張桌子的中年胖子高聲跟陳心樂打招呼。胖子頭戴鴨舌帽，頸上掛着一串以太極八卦作墜飾的蜜蠟項鍊，説話時胸前的八卦鏡子左搖右晃，教人目眩意亂。

客人紛紛停止交談。

「楊會長好！」陳心樂連忙從高腳椅跳下，立正向胖子微微鞠躬，「小弟才疏學淺，專程到來請益。」此行畢竟有求於人，他仍維持基本的客套，儘管心裏瞧不起這幫靠魔術賺錢的行家。

「謙虛固然是美德，但過分謙虛就流於虛偽，呵呵。」楊會長笑容可鞠，「學無前後，達者為先，你不必自謙，我倒要向你請益呢！」

咖啡送到，我問咖啡師要肉桂粉，他無言地甩甩下巴，以目光指示吧枱盡頭的自助調料架，我識趣地走過去自取，換另一個位置望向牆角，從剛才坐在陳心樂身旁的角度看過去，楊會長的正面和顏悅色，但現在不知為何他那沒耳環的側臉變得陰沉詭譎，我背部登時出了一個冷顫，同一張臉孔，正面和側面的差距怎會這樣大？牆角的燈光太暗？抑或我眼花？

「楊會長，你喚他作大師，別開玩笑了。」

「這小子什麼來路呀？」

「乳臭未乾作大師，只怕他受不起，折福折壽啊！」

楊會長果然是陰陽面，他對陳心樂的正面讚美，惹來反面效果，咖啡店裏的人紛紛起哄。

「啪──」在另一邊牆角也獨佔一張桌子的男人大力拍枱，震得桌上的杯碟匙「乒」聲跳起。那人剃了一個紅色的雞冠頭髮型，下巴留着一撮稀疏的山羊鬚，似老阿飛多於魔術師，「你們造反麼？楊會長是我們魔術協會的會長，他就是無上權威，他說誰是大師誰就是大師，不管小子、老朽，誰都不可異議。」

又一個陰陽面，明誇暗損。

我携着裝滿肉桂粉的罐子回到座位，在咖啡表面略撒一點，冷眼旁觀，可惜咖啡店沒花生。

「哎喲哎喲，千萬不要這樣說，我從來不是一言堂。」楊會長看來被雞冠頭的話刺痛了，臉上肥肉一顫，厚實的耳垂上的金耳環也跟着晃動，「承蒙同道錯愛、抬舉，我才戰戰兢兢的當上會長之位。」他接着眉頭稍皺，瞬間把慍意埋藏在臉皮底下，站起向陳心樂拱手，「心樂大師，這趟你要露一手了，不然楊某下不了台。」

「恭敬不如從命，小弟盡力而為。」陳心樂似乎成竹在胸。

「量力而為吧。」雞冠頭嘲諷不留情面。

「你要表演什麼呀？」

「我們個個都是高手，你不要獻醜耶。」

「我建議他表演遁地術，趕緊找洞鑽，呵呵呵。」

「楊會長不要暗中幫手喔。」

陳心樂一聲不哼，回身指着吧枱後的雜物架，向咖啡師道：「請借那個玻璃水壺一用。」

「把水倒掉。」楊會長吩咐咖啡師，「拿一瓶新的礦泉水出來，請這位門外漢朋友開封開蓋。」他帶笑看着我，眼神卻教我不寒而慄。

咖啡師一一照辦，在這家魔術師雲集的咖啡店，我自認是門外漢，於是乖乖扭開蓋子，把礦泉水倒進玻璃水壺內。

陳心樂提起水壺，氣定神閒地走到楊會長桌前，問：「會長想喝什麼？」

楊會長把剩下的五分一杯凍咖啡連碎冰一口喝掉，拿袋巾抹乾杯內的水漬，用指頭彈彈空杯，淡淡地說：「Asahi，泡沫與啤酒，三七黃金比例。」

「嘩——」在座無不嘩然。

一人被喝到一半的凍咖啡嗆到，拍了幾次胸口，調整呼吸後看着陳心樂。

楊會長這道考題難度滿高。

眾人詫異過後，都不再作聲。

「這是咖啡店，沒酒牌，不可出現酒精飲料……」除了一個不知好歹的網紅。

「給我閉嘴！」雞冠頭鐵青着臉，我感到他的緊張。

我雖然不懂魔術，但冷知識多少也曉得一點，看來陳心樂要表演「魔壺」。

「魔壺」是一個傳統項目，中外古今很多魔術師曾表演過，使用的都是不透明的水壺，有人認為，壺內藏有暗格，表演者撥動機關，就能倒出不同的液體，而使用透明的，還是臨時借來的水壺，似乎聞所未聞。後來隨着科技進步，「魔壺」應用上化學品，表演者預先在杯子裏放入各種透明的化學粉末，粉末遇水產生顏色變化，倒出紅酒、橙汁、白牛奶、黑咖啡等色似而味不似的偽裝飲料，同時邀請預先安插的內應作現場觀眾試飲，蒙混可過關。另外，也有一些表演者安排助手在場上偷換水壺，倒出真正的飲料，就無需內應串通了。

現在陳心樂使用的壺、水、杯都不是自備，楊會長堂堂魔術協會最高領導，不可能自貶身價跟陳心樂串通，而楊會長出的考題又毫不留情，陳心樂能否過關，此刻沒人知曉，然而，他那份從容不迫的「台風」，已把一眾輕視者壓得鴉雀無聲。

難怪雞冠頭變得緊張。

咖啡店的氣氛因雞冠頭的叱喝而綳緊，這時如果有一枝針丟在地板，大家都會聽見。

雞冠頭大概期待陳心樂倒出一杯不三不四的東西，這樣，他可以不留顏面地繼續奚落楊會長和陳心樂，但若結果相反，他將因有眼不識泰山而顏面無存。

相信其他人的心情亦一樣，都在心裏狐疑，陳心樂的實力有多強？

一路開車過來，不見陳心樂預備，他憑什麼完成楊會長這道即興的考題？

楊會長一派老神在在。他的 order 剛説完，陳心樂左手來回摩擦壺身三數下，再按住壺蓋，為楊會長倒出色澤金黃的啤酒，啤酒表面還浮起白色的泡沫，最後兩者的比例果然是七與三。

楊老師舉杯暢飲一大口，抹着嘴角的泡沫稱讚道：「Asahi，好喝！」

「啪……啪……」有幾個人悄悄地拍着零落的掌聲。

陳心樂的確有一手。

「我也要喝！」雞冠頭把杯中喝剩的咖啡倒進鄰桌的杯子裏，捋一下他的山羊鬚，「過來！」

「是。」陳心樂輕鬆踱過去，站在桌前等待。

「伯爵紅茶，溫的，半糖，加兩匙美祿。」

「加不加芋泥？」

「加！」雞冠頭翻眼瞪着陳心樂，「你倒得出，我就稱你一聲大師。」

「請你稍等。」陳心樂改以左手提壺，右手托着壺底，剎那間，氣泡在水中不斷上升，氣泡由少而多，由小而大，他為礦泉水加熱呢！

在座的魔術行家都嘖嘖稱奇。

雞冠頭臉色刷白。

「熱度差不多了。」他隨即為雞冠頭斟入飲料，「請。」

雞冠頭瞧着咖啡杯，遲疑一會，最終硬着頭皮喝了一口，還沒下嚥，竟「呼」的把污泥濁水一般的液體吐在地上，垂着頭喃喃罵道：「媽的……真難喝……大師……」

「啪——啪——啪——」掌聲雷動。

陳心樂放下水壺，拱手一圈，向眾人致謝。

掌聲甫落。

「過來坐吧。」楊會長向陳心樂和我招手，「無事不登三寶殿，你今日光臨小店，所為何事？無妨開門見山。」

我沒走過去，樂於繼續充當旁觀者。

「是這樣的，我想向諸位老師、學長請教一種手法。」陳心樂來到楊會長桌前，面向吧枱，拿出一枚五元台幣大小的巧克力金幣，放在左手掌心，接着兩掌並排前伸，掌心朝天。

「很普通的手法，沒啥特別。」其中一個圍觀的人插口。

「別吵。」旁邊的人拍他的後腦勺。

陳心樂集中精神，不理會騷擾，兩手握拳，把巧克力金幣裹在掌內，然後兩腕齊翻，拳背朝天，兩拳輕碰一下，手指隨即伸直成掌。

「蟬過別枝了，呵呵，相當不錯，略嫌手法有點生硬。」楊會長開懷笑道。

「見笑了，我乍練不熟。」陳心樂兩腕再翻，掌心朝天，巧克力金幣已夾在右手食指與無名指之間。

「然而大多數人會把金幣藏在屈拇短肌之下。」楊會長沉吟。

「正是。因此我想打聽誰慣用這手法？」

不待楊會長開口，早有幾個人瞧向另一邊牆角的空桌，三分鐘前，雞冠頭還坐在那兒，現在人去桌空，雞冠頭不知去向。

這就可以解釋為什麼那連環拐子佬除了小丑面具，還戴上小丑帽，因為紅色的雞冠頭髮型太過搶眼。

這條突破性的線索，魔術門外漢的我，就連做夢也想不到。

線索的緣起，可由今早一通把我從夢中吵醒的電話開始……

2

「鈴……」

「喂……」我沙啞的聲音帶着濃濃睡意。

「是阿 Wing 嗎？吵醒你不好意思，這個時間我以為你已經起牀。」

「沒關係，你是哪一位？」

「我是怡君。」

「誰？」

「派出所的女警，昨天你跟我在小公園裏交換 Line 通訊。」

「對對對，怡君警官早安。」我撥開牀頭的窗簾，已日上三竿。頭腦漸漸清醒，依稀記得拿手機掃過她的 Line QR Code，跟新相識的人作這慣性動作，像離家關大門、下車鎖車門一般的順手，由於太順手，進了電梯倒會懷疑剛才的鎖門動作是不是昨天的記憶？

「你方便來一趟派出所嗎？」

「方便……關於什麼的？」

「陳心樂今早來派出所找你，他表示願意協助警方找出真正的拐子佬。」

「嗄？賊喊捉賊。」我的睡意全消，「我懷疑他的主動幫忙，旨在擾亂警方的調查方向吧？」

「他說，就是你懷疑他，擾亂他的正常生活，他這樣做是為了還自己一個清白。」

「好，我半小時內到，且看他搞什麼。」

「待會見。」

我掛線後，踢開被子，翻身下牀，把窗簾悉數拉開，燦爛的陽光射進昏暗的房間，微塵在陽光下飛舞，撥不散，數不清，我光着腳穿過微塵密佈的房間，走進水龍頭滲出水滴的浴室，匆匆梳洗，穿上昨天的衣服的腋下位置，低頭嗅嗅，有丁點兒汗味，不算臭，還可多穿一天，便三步併作兩步的出門。小旅店的老闆娘工作勤快，每早總把走廊擦得亮晶晶，每次走過，我都放輕腳步，避免鞋底的泥巴遺在地板上。

小心翼翼的經過接待處，待要推門外出，老闆在櫃枱後叫住我：「先生你好，吃不吃早餐？咖啡剛煮好不久，要不要來一杯？」

「我趕時間……」

「那，帶在路上，慢慢喝。」他殷勤地把咖啡倒進保溫杯裏，「小店採用的咖啡豆來自 Costa Rica 的 Café Del Padre，中深烘焙，略帶堅果味，每早一杯，精神爽利。」

「謝謝。」他盛意拳拳，我卻之不恭，便携了保溫杯離開小旅店。

咖啡果然好喝。

趁着紅燈時喝一口，駛駛停停，停停喝喝，抵達派出所時，已一滴不剩。我把保溫杯放在後座，離開車廂，慣性地按下電子鎖的鎖門鍵，聽見車頭某處發出「嘟」聲，才安心地跑進派出所。

怡君警官在報案室等我，她簡單交代把陳心樂安置在盤問室，應陳心樂的要求，給他看一些警方搜集回來的 CCTV 片段，這些片段顯示拐帶案的發生過程，為免影響調查，都沒向傳媒發放。

「請你引路，待我看看那傢伙什麼葫蘆賣什麼藥。」

「走這邊，請。」怡君警官指示左邊的走廊。

經過三道房門緊閉的無窗房間，怡君警官慣性地敲敲第四道門板，沒等裏面的人有任何回應，就推門內進。陳心樂坐在裏面。昨天在小公園裏見過面的男警官，忘了名字，拿着 iPad 坐在陳心樂的對面。

「陳心樂，我來了。」我拉開桌邊的椅子，也坐在他對面，「你有話快説。」

「我跟你來個君子協定，我幫助你尋找破案線索，你不再搞擾慧姍，你已為她帶來極大麻煩。」

「第一，我自問不是君子，相信你亦不是。第二，調查案件，有需要找誰問話我就找誰，無需你首肯。第三，你想談條件，先要看你能提供什麼。」

「我和李崗警官剛巧發現一些眉目，可證明我與案件無關。」

「說來聽聽。」

「李崗警官，勞煩你重播剛才那片段。」

「大家一起看。」男警官在iPad屏幕點掃幾下，然後讓我和怡君警官觀看畫面。根據鏡頭的拍攝角度，片段擷取自公園旁的停車場，恰恰拍到小丑拐子佬為小孩表演魔術。

「暫停，就是這裏，請像剛才一樣，放大他的手，讓阿Wing警官看清楚，對，請看，他的掌心向下，他這個手法是把巧克力金幣藏在右手。」

「魔術總是把物件藏東藏西，有什麼稀奇？」我開始不耐煩。

「別心急，讓我解釋。」陳心樂從錢包裏取出一枚五元硬幣，「這硬幣的大小跟巧克力差不多。我們魔術師都有個別的師承手法，或慣常手法，試想，簡單如把一枚硬幣藏在掌心而不露破綻，是日以繼夜苦練的成果，手法純熟了，要改變並不容易。大家看，我把硬幣藏在屈拇短肌之下，我若不把手掌翻轉，你們根本瞧不出，但瞞不過行家的雙眼，為了夾牢硬幣，我的掌心肌肉需向內收緊，因而牽引手背，所以我的手背微微向上隆曲，看到嗎？大多數魔術師都練習把硬幣藏在屈拇短肌之下，而這拐子佬的手法有別於大多數，請看，他的手背平直，是把硬幣夾在指間。」他把手掌翻轉再翻轉，硬幣不知怎的、不知何時已從他的掌心跑到中指與無名指之間，雖說並非他的熟習手法，但我一點也看不出他的生疏。

「你知道誰慣用這種手法？」怡君警官似乎相信他的話。

「我不知道，但市內一家咖啡店，魔術師常在那兒聚集，到店裏打聽一下，或有人知道。」

「我暫且相信他，學長意下如何？」

「往咖啡店走一趟也無妨。」李崗警官拍拍陳心樂的肩頭，「走吧。」

「不成。」

「為什麼不成？」

「你在愚弄我們嗎？」我失去耐性。

「魔術師當中有好些人不喜歡警察，兩位是本地警官，他們若認得你們，就閉口不言。阿Wing警官是外地人，可與我同去，他們若問起，我便說是香港來的朋友，他們不會起疑。」

「好。」我一拍枱面，「我就跟你跑一趟。你若撒謊，我就對你不客氣。」

「阿Wing……」怡君警官拉開門，步出走廊，「借一步說話。」

我跟着過去。

她低聲說：「你在本地沒執法權，請勿擅自採取拘捕行動，即使你捉到人，檢控官可能因程序不當，沒法提告。」

「明白，我此行是查找線索。」

「有什麼發現第一時間通知我。」

「一定，放心。」

雖然答應了怡君警官，但我沒第一時間通知她：疑犯叫作張勇。

3

張勇即是雞冠頭。離開地庫咖啡店時，陳心樂告訴我張勇的底細。楊安與張勇分別擔任魔術協會的正、副會長，兩人是協會內兩大派別的代表人物。地庫咖啡店由協會經營，平日供會員落腳聚頭，協會的辦事處設於同一建築物的閣樓，各類會議都在那裏舉行。兩大派別對外合作，爭取共同利益；對內明爭暗鬥，謀求個人利益。

魔術界的事，我全沒興趣，我的目標鎖定張勇，就不能讓他溜掉。

我們從地庫走回地面，陽光璀璨如常，馬路繁忙依舊，路上車來車往，兩旁店鋪其門如市，路人如織，三分鐘前張勇曾站在這個位置，他的下一步是往左走還是往右拐？

「分頭找，我左你右。」我推陳心樂的右肩，「若發現張勇的蹤跡，電話聯絡。」

「是。」陳心樂沿着大路向前跑，不斷左顧右盼，確保張勇走進路旁的店鋪亦不會漏看。

我則反方向朝着火車站追蹤，路人雖多，但紅色的雞冠頭絕無僅有，除非他一踏出地庫咖啡店就登車離去，不然的話，只要他留在街上，三分鐘腳程而已，我或陳心樂其中一人必能找到他。

果然，接近站前廣場的十字路口，在巨型的市長競選廣告底下，遠遠看見那頂紅彤彤的髮冠在黑髮叢中穿插，我加快腳步，逐漸追近張勇，他一面用我聽不懂的台語高聲談電話，一面頻頻看腕錶，似在趕時間。行人過路燈轉綠，他筆直的橫過馬路，進入站前廣場後，掛線收起手機，再看一次腕錶，開始急步前行。

站前廣場的路人相對較少，空間寬闊，掩護物不多，為防他回頭發現我，我被迫減慢步速，跟他拉遠距離，同時打電話告知陳心樂我的位置。這邊才掛線，那邊張勇走近通往火車站地下停車場的出入口，一晃眼，紅色的雞冠頭在樓梯入口消失了。絕不能跟丟，我快跑過去，在樓梯頂往下望，直至轉角處，不見一人。他的步速明顯加快，趕着去某個地方或面見某個人？我連跑帶跳的追下樓梯，在轉角處探頭窺看，也不見他的蹤影，於是繼續向下追，就在跨出停車區的一剎那，聽見車聲，接着一輛白色的客貨車在我面前駛過，司機放下車窗抽煙，正是張勇！

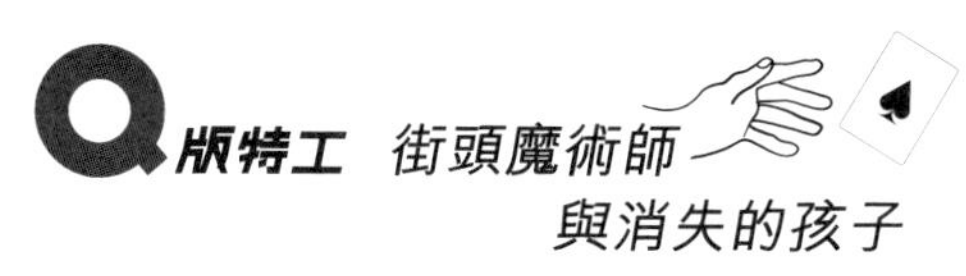

為怕他在後視鏡中看見我，我在樓梯口稍待一會，估計客貨車已在車道盡頭拐彎，才奔出停車區，跳進我的車子，驅車追趕，幸虧閘口排了兩輛車子等候離場，沒給張勇甩掉，我把車駛到客貨車後面，依次離場。

橫柵升起，我踩油開上大路，客貨車就在前面的車陣之中。

卻見陳心樂在對面的人行道上東張西望，車流順暢，我沒可能靠邊停車等他跑過來，於是一面跟着張勇的客貨車，一面致電陳心樂，着他自行回家，我獨自跟蹤張勇。

接着想到怡君警官，考慮片刻，還是不通知她，把硬幣夾在指間的手法只是少人採用，並非除張勇外沒人採用，要證明張勇就是連環拐子佬，仍需更確實的證據。張勇偷偷離開地庫咖啡店，說不定剛才喝了一口陳心樂「調製」的古怪液體，肚子不舒服，趕忙回家拉肚子，若通知怡君警官到來截查他，可能在客貨車內找到大批魔術道具，他又忍不住當場肚瀉，那就尷尬死了！

開着車，跟着車，客貨車開上74號快速公路，我當然跟着開上去。

74號公路禁行機車，我可專心跟蹤，不必分神閃避機車。在台灣留了一段日子，仍不習慣在馬路上與機車同行，對於那些橫行橫道、左穿右插的機車，我的取態是敬而遠之，除非右轉，否則一定把車子留在左線上。然而，左線雖禁行機車，但不時有「目無法紀」的鐵騎士切線突入，令汽車司機心驚肉跳。相較雙線行車的路段，橫街窄巷就更惡劣了，路面不但因非法泊車而大幅收窄，隨時遇上逆線行駛、轉彎不閃燈的機車，汽車司機一刻都不能放鬆。

最經典的一次，遇到一位長者鐵騎士，他在機車加裝帆布上蓋，又在尾座橫架一根長桿，左右吊着大包小包，更駭人的是，他還牽着一條黃狗，跟機車並排慢跑，一人一車一狗霸佔整條行車線，礙於雙黃線兼有「對頭車」，既不能超越他，也不能撞翻他，跟在後面的司機，包括我，上了寶貴的一課，訓練無比的耐性、體諒長者、愛護動物。

跟蹤同樣需要耐性，我跟在張勇的客貨車後面，繞過半個台中市，在南屯附近駛離74號公路，開進尚待開發的重劃區。

頭頂是萬里無雲的冬日晴空。

黃坭車道凹凸不平，輪胎滾動，捲擦地面的沙土，在車後散開一條沸沸揚揚的黃尾巴。經過大片正在或等待平整的建築地盤，有些地盤用鐵網圈圍，有些仍是雜草蔓生的野地。周圍疏疏落落的停放着一些工程車輛，四野無人，若跟得太貼，張勇一定起疑，我不得不減慢車速，跟客貨車的距離愈拉愈遠，幸而周圍視野無阻，除非他像變魔術般連人帶車突然消失，否則他離不開我的監視。

可以肯定，張勇並非回家。至於是否拉肚子，就說不定，隨便找個草叢便可以。

泥路前方，停了一輛銀灰色的休旅車，車旁站了兩個男人，直覺判斷，兩人正在等候張勇。我把車停在路旁，放下車窗，打開儲物格，在雜物之中找到望遠鏡，拿出來監視。

台中，炎熱的日子多，冬天與寒冷之間並沒一個必然的等號，冬風帶着秋意，風不大，也不冷，地盤空曠，無遮無擋，卻吹得肆無忌憚。

那兩人挨着休旅車抽煙，車頭蓋上放了一個炸雞店的外賣紙袋。他們賊頭賊腦，看上去就不是善類。張勇果然靠着休旅車停下。年長的老大粗魯地壓住小弟的頸向張勇鞠躬行禮，張勇下車，搖着雞冠頭，跟老大握握手，摸摸小弟的頭，小弟縮頸避開，老大把一根夾在耳背的香煙取下，用叼在口中的香煙燃點，然後向張勇敬煙，張勇接過煙，啜吸一口，把車匙拋給小弟，伸出夾着香煙的手，指一下客貨車的貨廂，小弟跑過去，打開尾門，似是確認貨廂裏裝載的東西，角度關係，從我這邊看不見貨廂內部，如果是小孩，貨廂的空間足夠搭載七、八個。

在車頭前面，老大與張勇交談幾句，抽了幾口煙，把煙頭丟落地上，用腳踩熄，轉身捧起車頭蓋上的外賣紙袋，交給張勇。張勇山長水遠開車過來為了吃炸雞？當然不可能。他打開袋口，探手翻撥袋裏的東西，從袋裏取出兩卷鈔票，再擲回袋裏，樣子極其不滿，搖着頭頂的雞冠斥罵，罵什麼聽不見，從他的肢體語言，估計是不滿意鈔票的數目，老大回了幾句嘴，張勇罵得更兇，像隻要跳過去啄人的公雞，老大最終讓步，在衣袋裏多掏出幾卷鈔票，投進紙袋裏，張勇這才滿意。

另一邊，小弟關上客貨車的尾門，向老大打出OK手勢，逕自攀進客貨車的駕駛座。張勇向老大揮揮手，鑽進休旅車的駕駛座。

看樣子，他們完成交易，打算離開重劃區。

神神秘秘的，這宗交易當然是違法勾當，買賣的縱然不是小孩，也是毒品之類的違禁品，這趟人贓並獲，豈容他們一走了之？

我在本地雖沒執法權，但阻止三人離去不等於拘捕，我發一個短訊連同座標位置給怡君警官，接着開車衝向他們。他們正朝着我這邊離開，休旅車居先，客貨車尾隨，相距大約二十米，我收油，拉起手煞，撥轉方向盤，車子甩尾急停，橫亙路上，攔住車道，揚起漫天塵土。

張勇被逼煞車，大力響號。

我當然不為所動。

張勇怒不可遏，跳出休旅車，殺氣騰騰地跑過來，破口罵道：「你發神經病麼？攔住老子的去路，你活得不耐煩……咦？是你……」

「陳大哥，前面幹什麼的？」小弟把頭伸出車窗。

老大見勢頭不對，連忙拉小弟的衣袖，看他的口形，似在說：「倒車，倒車，快。」

想逃？你們若逃得脱，我替你們挽鞋。

我跑出車廂，快步繞過張勇，俯身撿起路邊一塊尖石子，揮臂使勁擲出。客貨車後退不足兩米，尖石子直插左前胎，「噗」的破裂洩氣。

「臭小子！你跟老子作對，老子打死你！」張勇撲過來。

我腳踏「迷蹤步」，頭不回，身不動，腳不移，不動聲色，不着痕跡的，從一個不可思議的方位飄離原地。張勇撲個空，跌個狗吃屎。

「陳大哥，這人什麼來路？」老大和小弟跑過來助拳，各執一根壘球棒。

「我不知，總之，給我打！往死裏打！」

「好！打死他！」兩人左右夾擊，兩根壘球棒迎頭砸來。

我仍以「迷蹤步」應付，從容避過。

留住他們，卻沒碰他們一下，不能視作拘捕。

一鼓作氣，再而衰，三而竭。老大和小弟打了一輪，張勇追了一輪，連我的衣服也摸不到，三人的體力迅速下降，腳步減緩，揮棒無力，更加奈我不得。

「臭小子……你有種就別跑……」老大哈腰喘氣。

「如你所言。」我叉腰站定，「我這就不跑。」

「喝！」兩根壘球棒又至。

我後退半步，左打「如封似閉」，右打「金雞獨立」，借力打力，四兩撥千斤，把老大的壘球棒撥到張勇左肩，把小弟的壘球棒卸到老大的右腿。

「哎喲——」兩人雙雙倒地。

「我不打了！」小弟氣餒擲棒，「錢我不賺了！你放我走吧……」

「年輕人，不能遇到小小挫折就放棄，不過，我當你迷途知返，改過自身……」

遠處傳來尖銳的警笛鳴響。

「警察快到，他又阻住我們，怎麼辦？」老大又慌又惱。

張勇也慌了，低聲下氣道：「兄台，我跟你素無過節，你又不是警察，請你放過我一馬！對了，是不是楊安在背後搞鬼坑我？不論他給你多少錢，我雙倍給你，我有很多錢……」他像如夢初醒般跑回休旅車，從副駕駛座抱出那裝滿鈔票的外賣紙袋，抱持最後希望，朝我走來。

「站住！你好好拿着，這是物證。」我把他自以為的救命稻草折斷。

「請你放我一馬吧！我是為勢所迫的。疫情關係，登台表演的機會銳減，沒有收入，我上有高堂，下有妻小，唯有幹這些小買賣，幫補家計……」

「你可有想過小孩是無辜的？」

「小孩……當然是無辜……我有三個小孩，都要吃飯……」

兩輛警車駛至。

「算了，你向警察交代吧。」

張勇、老大、小弟頹然站着，乖乖讓警員逮捕。

「都在客貨車的貨廂裏。」我拉怡君警官跑往客貨車尾，待要打開車尾門，給她按住我的雙手。

「讓我來。」

「對，合乎程序。」我讓開。

怡君警官戴上手套，打開尾門，卻見貨廂裏放滿巨型的瓦楞紙箱。

「哎呀！困在紙箱裏，空氣不流通，不怕給悶死嗎？張勇那傢伙真沒人性！」我氣得跳腳，不顧程序不程序，連忙拆開紙箱救人，一看，登時錯愕，紙箱裏面滿滿的全是退燒藥、止咳藥、鎮痛藥、消炎藥，一箱如是，兩箱如是，都沒一個小孩。

「喂，你有什麼誤會嗎？什麼沒人性？藥物不需透氣的……」張勇在後面喊叫，語氣恢復理直氣壯，「警察先生，你們抓錯人了。」

「沒抓錯，這些錢，這些藥，都來歷不明，你們回警署給我好好解釋。」一名警員喝道。

「聽說，大陸那邊確診暴增，陽性大發，不是『楊過』，就是『王重陽』，退燒藥奇缺，這批藥物偷運到大陸，你們賺一大筆吧？」另一名警員作出警誡，「現在拘捕你們，你們有權保持緘默……」

張勇等三人都不再作聲。

「偵破一宗走私案，也是破案，謝謝……」怡君警官苦笑站定，取出在衣袋裏震動的手機接聽。

原來是走私藥物！張勇有魔術師不作，轉行當走私客。大概這三年來疫情反覆，魔術師登台表演的機會大減，為了賺快錢，他不惜鋌而走險，卻倒楣得很，陰差陽錯的被我偵破。

「阿Wing……」怡君警官掛線後，神色變得凝重。

「什麼？」

「又有小孩失蹤。這次，失蹤者是三毛。」

嗄！三毛？

我的腦海中泛起昨晚在籃球上的一幕。陳心樂為三毛表演撲克牌魔術，三毛對陳心樂的崇拜目光，我歷歷在目，陳心樂要拐帶三毛，根本不需任何方法，只消說一句，三毛便毫不懷疑的跟着這大哥哥走。

從我離開火車站到南屯重劃區這段時間，陳心樂去了哪？我叫他自行回家，他會乖乖聽話嗎？那段時間足夠拐帶三毛；然而，遲不拐，早不拐，偏偏在我懷疑他的時候，作為一個智慧型罪犯，這種猖狂未免太不智吧！

看着警車押走張勇等三人，朝着74號公路駛去，車尾拖着一條泥塵尾巴，迎面吹來一陣亂流，被輪胎揚起的泥塵撲面而來，我像敬禮一般抬手擋在額前，瞇起雙眼，視野變得模糊，突然覺得前面的74號公路遙遠而漫長。

小孩重現

又有小孩失蹤，魔術師疑犯再度協助尋找真正的犯人，一輪海上追擊，結果出人意表！

1

踏出車廂，迎頭便是一陣濕冷的風，吹來海的氣息。

四圍飄着紛亂的雨粉，停車場旁邊的行道樹盡皆沾濕，車甚多，接近建築羣的車位全數泊滿，唯有把車泊在較遠的位置，從葉尖滴水的行道樹夾路走向三井Outlet，地標式的巨型摩天輪屹立於平房式的品牌專門店中間，無需google map指示，亦知道路徑沒錯。

和市中心區一樣，這一帶在黃昏時分也靜靜的下起牛毛細雨，路燈還沒開亮的馬路上，紅綠燈機械式的轉換，把車道上的雨粉染得時紅時綠。

我要尋找BGA2563，一部銀灰色的Ford四門房車。

線索又是陳心樂給的，希望他沒再「點紅點綠」。

陳心樂本身就是可疑，口供不可信，目前沒其他線索尋回三毛，別無選擇，唯有相信他。

「阿Wing，我們剛到達Outlet。」怡君警官的通話從耳機傳來，「你找到目標車輛嗎？」

「還沒。」

「你的位置是？」

「在停車場裏。」

「我們在外圍繞行，各自分頭找。」

停車場很大，車子泊得密擠擠，灰色的倒也不少，並不好找。

怡君警官查到BGA2563的登記車主叫李德信，警方追蹤他的手機訊號，最後的位置就在台中港的三井Outlet，不知是否因為下雨抑或地點偏遠，還是手機關掉，總之沒辦法鎖定手機的確實位置，我們只好趕過來嘗試在現場尋找。

李德信跟三毛的失蹤有關。

2

下午我們在南屯拘捕張勇，錯有錯着的偵破藥物走私，預備收隊時，怡君警官接到通知，三毛失蹤，懷疑被拐。

有別於近日的連環拐帶案，被拐的小孩全是幼稚園學生，而三毛是小學生，相較拐帶幼稚園學生，拐帶小學生的難度高很多，賊匪心態，取易不取難。儘管如此，我即時想到陳心樂，三毛是他的魔術粉絲，他帶走三毛較拐帶一個不相識的幼稚園學生更容易；另外，陳心樂有意騙我追蹤張勇，張勇只是走私客，不是拐子佬，而他可能就在我從台中火車站追蹤張勇至南屯這段時間，折返社區，拐帶三毛。

可惡之極！

我馬上趕到陳心樂的住處，大力拍打樓下的鐵閘。

「陳心樂！快開門……」

「來啦……誰呀？咦？是你，你不是去抓張勇的嗎？怎有空來找我？」

「臭小子！你敢欺騙我！」門一打開，我就衝進，用右前臂抵住陳心樂的頸項，把他壓在牆上，左爪如鐵鉤，牢牢緊扣他的右腕脈門，且看他如何消失？

「痛呀……你弄痛我……有話慢慢說，不要動粗……」

「三毛在哪裏？」

「我怎知三毛在哪裏？你找她，去她家嘛，跑來我家幹啥？」

「在台中火車站分手後，你去了哪裏？幹過什麼？」

「我在公車站候車，遇見楊會長，他說我挑起他的酒癮，拉我去陪他喝一杯真的啤酒。」

「真的啤酒？你變給他的不是Asahi？」

「當然是假的啦，老兄，我是魔術師，不是創造者，不能無中生有。」

「然則，你跟楊會長串通坑張勇，借我下手拘捕他。」

「對不起……」

「臭小子，那筆帳，我遲些才跟你算，現在從實招來，你把三毛拐帶到哪裏？」

「三毛被拐？我沒見過三毛……等一下，喝完酒，楊會長開車送我回來，下車時，我好像看見三毛跟一個女人坐進對面行車線上的一輛車子……」他用掌心自摑側額，「那輛車是什麼顏色？車牌號碼好像是B什麼的……印象模糊，記不起來……」

「你別裝神弄鬼，轉移視線……」

「有了！可以借助催眠，擷取我的記憶。你請先放開我。」他重獲自由，馬上拉開工作枱其中一個抽屜，在裏面找出一個銀製的古老懷錶，「你拿着，幫個忙，在我面前左右晃動。」

「開什麼玩笑呀你？」

「現在，救回三毛要緊，請你聽我一次。」他把懷錶塞給我，抓住我的手，提起錶鏈，左右擺動。

懷錶在我與他之間像鐘擺一般，晃到左邊力盡而回，反方向的徐徐盪到右邊，來來回回，來來回回，銀色的鵝蛋型錶殼在空中描劃出一條又一條的弧線，閃亮生輝，那條線愈看愈像弦線，不知怎的，彷彿聽到「登……」，是一根纖細的指頭勾彈日本三味線的聲音，「登……」聲音低沉乏味，節奏緩慢而呆板，「登……」在腦海裏迴旋，感覺舒泰，韻味深長，我的眼皮漸覺沉重，難敵倦怠，慢慢合上，不，眼不能合上，努力睜開，但見陳心樂的雙眼睜得圓大，怔怔的，不眨一下，卻不是看着懷錶，也不是看着我，他的目光空洞，失焦失神，呼吸若有若無，嘴巴震顫，發出夢囈一般的言語：「B……G……A……2……5……6……3……藍色……四門……Ford……」

3

「阿 Wing，找到 BGA2563 了。」耳機又傳來怡君警官的聲音。

「在哪裏？」

「Outlet 的南門出入口。那車就停在路邊，駕駛座有人，引擎沒關，似在等人。」

「我馬上跑過來與你們會合。」

我快跑穿入 Outlet 建築羣，說聲「不好意思」，擠開一對挽着大包小包「戰利品」的男女，查看嵌在牆上的 Outlet 平面圖，「You are here」刻在圖上的北門出入口附近，橫越建築羣就找到怡君警官，大叫「讓路讓路」，便拚命狂奔，幸而下着毛毛雨，顧客大都留在店內「血拚」，室內人多，通道人少，前路無阻，不過，路面濕滑，我的 Adidas runner 鞋底防滑不足，在 Timberland 專門店外拐彎時差點滑了一跤……

那輛淺灰色的四門 Ford 房車，就停在 Outlet 南門出入口外面，車牌、車款與顏色一如陳心樂所形容，他的催眠果然不賴。

怡君警官的車子停在對面馬路稍遠處，嚴密監視。Ford 的車窗貼了茶色防曬紙，從外面看不清車廂的內部情況，車尾的廢氣喉冒出淡淡白煙，台灣社會對於「停車熄匙」並不嚴肅對待，路旁汽車排放廢氣，沒人多管閒事，我假裝看手機認路，走到路口左顧右盼，仰天望地，斜眼從擋風玻璃偷看進去，駕駛座上坐着一人，看不清那人的面貌，更不知他在等什麼人？要等多久？看看腕錶，三毛失蹤超過三小時，這樣等下去不是辦法，萬一陳心樂信口雌黃，害我們找錯目標，盲目等候，徒然浪費時間，讓拐走三毛的人逃得更遠。

「不等了，動手吧。」我通知怡君警官。

馬路對面，怡君警官把藍色警示燈放上車頭，李崗警官開車，橫越分隔車道的雙黃線，直接衝過來，攔在 Ford 的車頭。我同時跑到駕駛座旁，亮出「證件」，敲拍車窗。Ford 的車窗放下，露出一張詫異萬分的「無辜」臉孔。

「請問……發生什麼事？」司機三十上下，衣着和舉止都斯斯文文。

「請你關掉引擎，讓我看見你的雙手，慢慢下車。」李崗警官過來拉開 Ford 的車門。

「究竟是什麼一回事？」司機仍然一臉「無辜」，被李崗警官半拉半請的帶出車廂。

「先生，我現在進行搜身，請把雙手放在車頭蓋上，稍為張開雙腿。」

另一邊，怡君警官分工合作，搜查車廂。

「你是李德信嗎？」我問。

「我犯了法？」

「她在哪裏？」我向李德信展示三毛的照片。

「這女孩？大約半小時前，我把她和同行的女士，不知是她的媽媽還是姨姨，送到台中港遊艇碼頭。」

「她們下車後往何處去？」

「我怎知道？我只是 Uber 司機，把客人送到目的地便完成工作，客人自行去哪裏，我不會過問。」

「你在 Outlet 等誰？」

「雖然客人很慷慨，支付來回車資，但既已來到台中港，與其空車返回市區，倒不如在 Outlet 待一會，或許有其他客人召車。」

怡君警官和李崗警官完成搜查，都搖搖頭，沒發現。

「半小時，足夠轉乘其他交通工具。這樣吧，學妹和阿 Wing 往遊艇碼頭那邊瞧瞧。」李崗警官取出筆記簿，「我在這裏替他做筆錄，確認他沒說謊或說漏。」

「是，分頭行事！」怡君點頭應道，「阿 Wing，我們走。」

於是我登上怡君警官的車子，前往遊艇碼頭。

聽起來，李德信似沒涉案，他沒說謊的話，案件至少有個新進展，嫌疑犯是個女人，不過疑點甚多，她把三毛帶來台中港，目的是轉乘其他交通工具？還是把三毛藏在台中港某處？她召喚 Uber，自己沒交通工具嗎？這次犯案為什麼不戴小丑帽和面具？

「我覺得，這次可能跟連環拐帶案無關，相較幼稚園學生，三毛的年紀太大了。」怡君警官踩下油門，「找到那女人，自會明白來龍去脈。」

從三井 Outlet 前往遊艇碼頭，大直路一條，遊人十居其九光顧 Outlet，因此這段路車流疏落，怡君警官一加速，便把後面的 Outlet 建築羣拋得老遠，品牌專門店的霓虹招牌愈縮愈小，擋風玻璃前面，一根根朝天豎立的遊艇桅杆在迷濛雨霧之中，漸漸清晰可見。

怡君警官關掉警示燈，把車子停在遊艇碼頭的長堤前端。長堤左邊是大海，右邊是遊艇泊位，船不多，六成以上的泊位空置，周圍不見有人走動。

「你往管理處問一聲，我沿着長堤走走。」

「好。」

怡君警官才轉身走了幾步，我馬上叫住她。

「什麼？」她停步回頭。

「那個好像是三毛，十六號泊位。」我指着船尾靠住欄杆的紅衣女孩，女孩身旁站着一個東方人臉孔的女人，女人用手指掃撥三毛被風吹亂的頭髮，一個白種男人在船邊俯身解開纜索。

我們的對話可能驚動了他們，也可能我們在沒人的碼頭走動引起他們的注意，總之，女人急急把三毛拉回船艙，洋人匆忙解纜，急步攀回遊艇。

「追！」我拔足就跑。

遊艇的引擎隆隆發動，開出水道。

「停船！警察搜查！停船！」怡君警官在後面喝令，奈何風大浪吵，船上的人不可能聽見，即使聽見，他們亦不理會。

我改為奔向長堤末端。

遊艇在水道內愈開愈快，妄顧停泊區的船速限制。初時，我仍能維持與遊艇並駕齊軀，然而，短途衝刺還有力一拚，距離拉遠，人的體力敵不過引擎的馬力，跑了大半段長堤，遊艇漸漸把我拋離，它在水道盡頭往右拐彎，即將在長堤末端的出入口逃出大海。盲衝直追不能截停它。我抓起長堤上繫着長繩的救生圈，左手持繩，右手握圈，望着船桅，奮力擲出，預計救生圈套中船桅，我同時把長繩綁在石躉之上，硬生生的把遊艇扯住，令它失控混亂，讓我有時間躍上船尾。

遊艇開足馬力衝出停泊區，船頭破浪前進，浪花四濺。救生圈呈拋物線從最高點墜落，落點卻偏差了，砸中船桅，跌落船艙頂，反彈丟入水中。遊艇在我面前呼嘯而過，帶着一道浪沫尾巴衝離長堤，隱若聽見那洋人在駕駛座上振臂歡呼。我並沒放棄，步速不減，一路助跑，筆直奔到長堤盡頭，抓起另一個救生圈，就往海裏躍。

背後，傳來怡君警官的驚叫。

我從沒告訴她，我懂輕功，登萍渡水，現在有機會親身示範了。

腳下，正正是那從遊艇彈落在海面飄浮的救生圈，我的右腳踏在救生圈上，借力反彈，從海面躍起，追在遊艇後面，半空中，身子下墜前，把挽在手裏的救生圈拋出，鋪墊下一塊「跳板」，位置分毫不差，就在落腳之處，左腳跨出，再次借力踏跳上騰，兩個起落，已追到船尾，奈何船速太快，仍差半呎，我若直插水裏，便眼巴巴讓拐子佬逃脫，不能！手上已沒救生圈，人急智生，我在空中提腿曲腰，除掉右腳的Adidas runner，拋下水面，勉強成為一塊蚊型「跳板」。Adidas runner浮力難以承受我的體重，我踩在運動鞋上，僅能減緩下沉，讓我在碧波蕩漾之間得到一個臨時的立足點，夠時間換氣發勁，雙掌擊打水面，借助反震之力，衝離海面，一提氣，在空中翻個筋斗，躍進船尾，滾入船艙之內，把洋人、女人和三毛嚇了一大跳。

「啊呀！」洋人拿起一個十六吋長的扳手，「你立即離開我的船！」他的國語發音比我的更正確，慚愧得很。

「Return to the pier, right now!」慚愧歸慚愧，我不能因他的國語說得好，就放他一馬。

「休想！你找死，我送你歸西。」話未說完，他的扳手就迎頭揮來。

我低頭移步，避過他的攻擊，閃到他的右側，隨即反擊。洋人體格魁梧，皮粗肉厚，打他的肌肉，猶如隔靴搔癢，要打就打他的關節。不待他轉身，我手腳並用，雙刀齊發，腳刀踩中他的腿彎，手刀砍劈他的肩膀。

「哎呀——」洋人倒地，爬不起來，歪着頭殺豬般大叫，「天呀！我的腿、我的臂，天呀！你打斷我的腿、打折我的臂……」

「腿沒斷，臂沒折，關節移位而已，躺着別動，上岸後替你推回原位，不要亂動喔，否則我不敢保證，關節推不回原位，終身殘廢。」我拍拍雙手，跳上駕駛座，推動操縱桿，把遊艇減速，繞個大彎，駛回碼頭，百忙中，回頭高聲喊話：「三毛別怕，沒事了。喂！女人，識相的就放開三毛，我雖不常打女人，但你還不放手，我就對你不客氣，腿還是臂？自己選。」

女人怯生生地放開三毛，三毛怯生生地走過來，扯着我的衣角，小聲地說：「她是我媽。」

「不是的。你媽離家出走許多年，不再回來。她騙你。」

「她懂唱從前我媽哄我睡的兒歌。」

「傻丫頭，我也懂唱兒歌，難道我是你爸麼？」

「你不懂，那歌是台語的。」

「我的意思是，懂唱兒歌的不一定是你媽，例如，你的班主任、碼頭上的怡君警官，都懂唱，但都不是你媽。」

「說的也是……」三毛好生失望。

「我的確是三毛的媽媽。」女人走近，跪在洋人身旁，拿毛巾替他抹汗，「寶貝，痛不痛？」

「當然痛呀……」洋人痛得咬牙切齒，卻不敢亂動，乖乖躺着，大概害怕關節沒法復原。

「我是三毛的親媽，我帶她出海誰都管不了，這人打傷你，我們追究到底。」

「三毛在台中的合法監護人是她的奶奶，沒得到奶奶同意帶走未成年的三毛，就是違法，不管你是真的媽媽還是假的。」

女人無言反駁，只是獃獃的瞧着三毛，或許為從前的選擇錯誤而後悔。

我吹着口哨，輕輕鬆鬆的把遊艇開入停泊區，像一個凱旋歸來的戰士，得意洋洋地拉響號笛，慢慢靠近泊位。增援警察已到，岸上停了多輛警車，車頂的警示燈閃耀不停。船停定，我拖着三毛，光着右腳，下半身濕透的攀上碼頭，態度盡量保持謙虛，等待接受怡君警官的讚賞，就算輕輕一吻也算不過分。豈料，怡君警官第一句向我說的，竟是：

「收到警署的通報，所有連環拐帶案的小孩剛獲釋，人都平安。還有，海巡署證實，這個洋人駕着他的遊艇前天才到達台中港，他看來不是連環拐子佬。」

「啊！」我錯愕得不懂回應。

小雨停竭，雲層轉稀變薄，夕陽透過雲絮，為傍晚的海岸線帶來一片金黃，案情變化宛如海邊的天氣，撲朔迷離，難以預測。

4

細小的警局，狹窄的辦公室，平日案件不多，工作清閒，今天卻擠得人頭湧湧。替六名獲釋的小孩和他們的家長筆錄口供，以及安排小孩送院檢查身體，警局裏所有警察，不分便裝、軍裝，盡都忙得不可開交。由於小孩疲憊、受驚，加上年幼，記憶和表達都呈現混亂，供詞有時令人摸不着頭腦，筆錄非常困難。我在辦公室內游走於各張辦公桌之間，初步得悉沒一個家長收過勒索電話，也沒人付過贖金，小孩為何獲釋？拐子佬得到什麼好處？至今仍是個謎。

朋友看見我，就握着我的手不放，不斷道謝，歸功於我步步追查，拐子佬見勢頭不對，為求脱身，被迫放人。這推論聽得出只是一廂情願的客套之言，我臉皮再厚也不敢沾功，唯唯諾諾的應了幾句便走到警局外面透透氣。

太陽下山後，天色瞬間轉暗。路燈按預設的時間開啟，時間沒到，天黑仍不放亮，警局門前的馬路昏昏昧昧，路過的汽車燈光成為主要的照明，當路口的紅燈把車流截斷，馬路變得昏暗一片，從警局走往路旁的公車站幾近摸黑前行。

奶奶拖着三毛不急着返家，在門外攔住三毛的媽媽，把她痛斥一頓。

由於人手不足，加上三毛並沒受傷，又牽涉外國人，案件變得複雜，警方予以冷處理，將案件定性為家庭糾紛，兩方互不提告，草草把他們攆出門口。

其實雙方都心有不甘，一方的孫女幾乎被帶走，捏一把冷汗，另一方幾乎帶走女兒，功敗垂成。一對前婆媳在警局門口互數對方的種種不是，把陳年舊帳通通翻出來，一句國語，一句台語，我聽得一頭霧水。

三毛縮在奶奶身後，滿臉疑竇。

那洋人遠遠站開，默默抽煙，一臉厭悶的看着兩個女人吵架。

在遊艇碼頭登岸後，我履行承諾替洋人推回關節，他的手腳立刻活動如昔，痛楚全消，對我的敵意也全消。他看見我從警局出來，主動過來攀談，他自我介紹名叫佐治，做貿易生意，曾在紐約唐人街學過幾年詠春拳，學來學去總達不到甄子丹在電影裏的水平，便放棄了，改習Boxing。

佐治告訴我，三毛的媽媽年青時結婚，生了三個孩子後，丈夫跑到大陸工作，長年不見，感情轉淡，又與家婆不睦，心情鬱結，恰巧遇上在台灣談生意的佐治，一見鍾情，便跟佐治私奔，兩人在紐約同居，多年來膝下猶虛，三毛的媽媽一直掛念孩子，了解三毛的爸爸一定不肯把孩子讓給她，一時想歪了，籌劃拐帶。此拐帶不同彼拐帶，清官難審家庭事，台灣警察也不管，我還是把焦點放在連環拐帶案，抽身遠離婆媳是非，她們實在太吵太煩。

還沒轉身，佐治扯住我說，跟我不打不想識，他回國後勤練武功，他日我路經紐約定要找他切磋。此人真是不知好歹，給他再練十年，也不是我的敵手。臨別前，他硬要向我敬煙，我取了一根，並沒燃點，返回警局，找張勇印證一個疑點。

此時，張勇被關柙在羈留室裏，警局暫沒人手處理他，我請看守的警員打開鐵閘，讓我進去，順便向警員借了打火機，把佐治給我的香煙點着，借花敬佛，遞給張勇。

張勇被關了半天，火氣全消，雞冠頭垂得低低，像隻鬥敗了的公雞。

我忍受他抽了兩口香煙，讓他提提神，才給他觀看小丑拐子佬的片段，我告訴他，根據魔術手法，楊安等人暗示他就是片中的拐子佬。

「媽的！簡直一派胡言！」張勇的火氣再度燃起，「楊安含血噴人，借刀殺人！」

「何以見得你是無辜的？」

「你身上有沒有硬幣，借我一用，一看你就明白。」

我從口袋裏摸出一個五元硬幣，放在他前面。

他叼着香煙，拾起硬幣，模仿片段中小丑拐子佬變走巧克力金幣，手法相似，但當他翻開手掌時，也是把硬幣藏在屈拇短肌之下。

「這是我慣常的手法，把物件夾在指間，容易露出馬腳，我不會用。」說話時，煙灰丟下，沾污他的山羊鬚。

「楊安為什麼要誣陷你？」

「無他，為權力，為錢財，為威望。」張勇把硬幣拋還給我，開始大發牢騷，「不妨告訴你，我雖是副會長，但魔術協會的實權都落在楊安手上，協會的產業很多，除了你去過的地庫咖啡店，還有一座廟、一個舊農場、五間鋪位，光是租金收入，已相當可觀，楊安那傢伙上下其手，中飽私囊，大家早已看不過眼，二〇一九年以前，楊安藉着在大陸的人脈關係，常以交流名義，安排會員到大陸演出，儘管他從中吃一筆佣金，演出費尚算不錯，大家看錢份上，還是忍了他，疫症爆發後，大陸封控清零，交流中斷，大家的收入大幅下跌，楊安不但牢牢抓握財政，不與會員共渡時艱，這兩年他更沉迷古怪的修煉，無心拓展會務，不理眾人死活，三個月後，會長任期屆滿，進行換屆改選，大部分會員傾向推選我當會長，撥亂反正，楊安見勢頭不妙，就借機誣陷我、打擊我。」

「其實不算誣陷，你其身不正，走私藥物，警察拘捕你合法合理。」

「走私藥物只是掙錢，並沒傷人害命，坑我拐帶小孩，無恥之極，傳揚開去，大家信以為真，教我顏面何存？」

「我姑且相信你的話。在楊安的設計當中，陳心樂是個關鍵角色，你跟陳心樂有什麼過節？」

「我根本不認識他。」

看張勇的樣子，他真的不認識陳心樂，反而聲言不黨不羣、瞧不起魔術師登台賺錢的陳心樂，卻與專門安排魔術師登台賺錢的楊安合謀誣陷張勇，由此可見，陳心樂這人並不誠實可靠。雖然他幫忙尋回三毛，但不足以洗脫連環拐帶案的嫌疑，本地警察傾向相信他是無辜，我卻不認為他是清白，尤其他騙我追捕張勇，作虛弄假，演技逼真，這筆帳我還沒找他算呢！

這時候，陳心樂仍在警局落口供，因為自我催眠擷取記憶太過匪夷所思，李崗警官希望他更換另一種較簡單的說法，例如直接記得車牌號碼，可是陳心樂倔強得很，就是不肯更改口供，與負責筆錄的警員僵持不下，耗到現在。我於是轉入問話室，請筆錄的警員休息一會，到外面抽根煙、喝杯茶。

我坐在陳心樂對面，直截了當地問：「你跟楊安如何串通？」

可以改換話題，不用解釋再解釋什麼是自我催眠，陳心樂繃緊的面容稍為放鬆，答道：「楊會長拿袋巾抹乾杯子時，暗中把黏着袋巾的化學粉末遺在杯底，粉末遇水產生化學變化，變成金黃色又升起的泡沫，他頂着噁心，當眾喝下，說是啤酒，自然沒人懷疑。」

「張勇那杯什麼伯爵紅茶混美祿怎樣變出來？他沒理由跟你串通。」

「當然不會，他巴不得我失手。我用激將法，引他同意在飲料裏加入芋泥，飲料大凡混入芋泥，顏色就變得混濁，肉眼難以分辨。化學粉末藏在我的指甲底，我使用發熱貼，引開眾人的注意，偷偷把粉末彈進杯裏。這種飲料胡亂搭配，古靈精怪，即使是真材實料，味道本來就怪怪的，他喝了一口，立即吐出，也不起疑。」

「你聲言不羣不黨，何以願意同流合污，插手楊安與張勇的內鬥？」我這才留意到他的尾指甲特別長。

「楊會長於我有恩……」他的眼神閃爍，我觀人於微，談到這裏，他分明有所隱瞞。

「什麼恩？你欠他人情還是金錢？具體說清楚。」我隨即追問，不容他迴避。

「三言兩語，很難說得具體。我學習魔術之初，得到楊會長的指點、提携。魔術技法，沒可能無師自通，那段時間，楊會長時常不吝賜教，我進步神速，後來可以自立，跟他見面才日漸減少，雖不常往來，但提携之恩常在心裏。我知道他與張勇之間的矛盾，一直沒機會幫忙，直至你出現……」他頓了一頓，再次低頭致歉，「我想到點子，借助警力，揭發張勇的走私勾當，便找楊會長商量，結果……一如我們的預期。張勇固然罪有應得，總之……我就是對你不起。」

陳心樂的道歉即使我接受，也不會減低我對他的懷疑，何況我最討厭被人欺騙，令我自覺是個傻瓜，所以我不會輕易放過他。

「走着瞧吧。」我把他留在問話室，回到辦公室，發覺所有小孩和家長全都離開了，剩得李崗警官、怡君警官在整理小孩的口供紀錄，還有兩個警員在報案櫃枱值班。

「怎麼樣？那傢伙不肯合作嗎？」李崗警官拿着一份卷宗「噗」的拍打辦公桌，「六個小孩都完成筆錄，已送往醫院檢查身體。他簡單的一句話，仍然堅持不改，真是要命！」

「學長，請恕我多言，三毛那起案件已經撤案，口供只會存檔，沒人翻查，他說什麼就寫什麼吧，我們無謂浪費時間在他身上。」怡君警官勸道。

「好，讓我親自處理。」李崗警官站起身，拿着陳心樂的口供紀錄。陳心樂執著的是自我催眠的真實，而他執著的是警察的面子。

「可以把陳心樂留在警局多一個小時嗎？」我移步站到他身旁，低聲拜託。

「一小時，夠了嗎？」

「夠了，謝謝。」

「我有點餓，去便利店買份三文治吃，回來才處理。」李崗警官把口供紀錄放回桌上，拉開抽屜，取了錢包，「學妹，要吃些什麼嗎？」

「我不餓。謝謝。」

我轉到怡君警官的辦公桌旁，低聲說：「這些小孩的口供，可以給我一份副本嗎？」

「我差不多整理好了，稍後給你一份電子檔。」

「謝了。」我加快腳步，尾隨李崗警官走出警局，「我也去買杯咖啡。」

當然，買咖啡是假的，去便利店是因常有計程車在門外待客，我攔下一輛，告訴司機地址，駛往陳心樂的舊機車店。

登車不久，才扣好安全帶，手機收到怡君警官傳來的口供檔案，打開速讀一遍，綜合小孩的口供，連環拐帶案可歸納出九個特點：

第一、被拐的全是六歲以下的男童。

第二、拐子佬沒跟任何一個小孩的家長聯絡，提出任何釋放小孩的條件。

第三、小孩似被同一個小丑拐子佬帶走，那人以表演魔術吸引小孩。至於他們如何被帶走，例如乘坐什麼交通工具？有沒有使用暴力？諸如此類，過程沒一個小孩記得，那段記憶像被巫師拿魔杖從小孩腦海抽走一般，全然空白。

第四、藏參地點遠離市區，小孩被關在房子裏，外面聽不見車聲、人聲，窗外綠樹成蔭、鳥語花香、流水淙淙，早晚有霧，氣溫較低，估計身處山區。

第五、藏參的房子裏有牀鋪、玩具，小孩每天吃、睡、玩，沒被綑綁，沒遭虐待，在屋內自由活動。

第六、有一個胖姨負責照顧小孩的起居飲食，但那幅胖姨的拼圖直教人搖頭不已，樣子竟有六分像卡通人物「花師奶」，大概小孩每天放學回家收看電視節目《我們這一家》，看多了，被卡通片「洗腦」。

第七、早晚霧起時，「花師奶」總帶小孩到屋外，在霧中散步，原因不明，無從忖度。

第八、小孩一日三餐不缺，食物卻非常清淡，每餐都吃稀粥、瓜菜，小孩都不願吃，不吃便餓，餓便啼哭，不知「花師奶」於心不忍還是不勝其煩，有一天破例給他們吃漢堡包。

第九、小孩獲釋那天清晨，他們都被古怪聲音吵醒，集體見鬼，被嚇得尿褲子，之後，「花師奶」替他們清潔，換過新衣服，多吃一頓漢堡包，便安排他們乘車離開，在一所荒廢的鄉村小學操場放他們下車。同時，小學附近的派出所收到一個神秘女人的電話，通知警察派人到小學接收小孩。

從表面看，拐帶這些小孩完全是一宗賠本生意，沒收取贖金，只有開支，還要冒上刑責風險，那小丑拐子佬和「花師奶」究竟得到什麼好處？兩人的身分和動機都是個謎，現在小孩平安獲釋，線索全斷，一切重回起點，難怪部分警員有意把案件冷處理，歸類為惡作劇，希望就此結案。

我做事有始有終，不會放棄。

目前，唯一的嫌疑人物是陳心樂，但苦無證據把他入罪，他既已提出不在場證據，李崗警官的上司不會同意入屋搜證，我偷進他家搜查，老實説，只是沒辦法中的辦法，碰碰運氣，希望找到一點蛛絲馬跡。

信心？可不大呢！

記得陳心樂説過，二樓的窗子長期沒關，讓那隻獨眼流浪黑貓自出自入。飛簷走壁的功夫自問絕不遜於黑貓，我在機車店門外下車，待計程車離去，悄悄繞到冷月照溝渠的邋遢後巷，躲在暗角往上望，那扇半開的窗子離地大約十五呎，沒窗花，難度不高。走到窗下，左右瞧瞧，確定巷頭巷尾沒人，原地蹬躍，手抓腳攀，不消兩秒鐘，已開窗進屋，蹲在窗台之上，反手把窗子拉回半開的狀態。

背後起了一陣冷風，發出嗚嗚低嘯，寒意隨風入戶，在牀、櫃、桌之間徘徊轉弱。一盞冷森森的神秘綠光在書桌上發亮，我才跳進屋，那盞綠光迅即飄離書桌，發出一下低沉的「喵」聲，竄落樓梯。原來是那隻獨眼黑貓。像發晦氣摔東西一般，貓尾把物件從桌面掃下，那物件丟在地板上發出兩聲沙啞的「喳——喳——」

嗚嗚風嘯再次響起，風的嘯聲雖然尖亮，但永遠吹不成曲調，流浪貓在陳心樂家裏雖過着家貓的生活，但野性難馴，永遠不會認陳心樂為主人，陳心樂的貓罐頭終究白費。

沒人沒貓在這裏礙手礙腳，我開啟手機的電筒模式，照射地板，黑貓剛才掃落地板的是一隻翻唇露齒的發條猴子，它睜着黃色的玻璃假眼珠，展露無盡無止的咧嘴賊笑，雙手高舉鐃鈸，似在等待發條再被觸動。我拾起它放回桌上。桌上還擺着其他過時的鐵皮玩具，例如打鼓御林軍、天線機械人、雲梯消防車、煙囪火車頭、騎單車的光頭小孩、低頭啄蟲的小鳥、下蛋的母雞等，陳心樂的收藏品味倒也特別。

桌後的牆壁掛着一塊水松板，陳心樂用圖釘在板上釘貼水、電、燃氣、健保的繳費通知書，提醒自己別逾期繳費。我從書桌開始搜查，拉開全部三個抽屜，裏面全是文具雜物，沒特別，再檢查旁邊的書櫃，櫃子結構簡單，沒機關，沒暗格，上三層開放式書架放滿書本，在下面的掩門櫃裏，塞滿日常家居雜物，雜亂無章，架上書種單一，均與魔術有關，中、英、日文的讀物皆有。我挑了一本硬皮厚裝的《魔術道具百科》，陳心樂或許挖通內頁，在書內藏了些東西，可惜除了白紙黑字，什麼都沒有。書內頁頁眉批，重要內容用顏色螢光標示，他看書很用心。翻開另一本也是厚厚的《世界經典魔術大全》，頁間丟出一張相片，相中人是林慧姍，果然餘情未了，徐國安吃醋不無道理。把「書籤」插回大概的位置，拿起旁邊的一本《撲克牌魔術》，又丟出另一張「書籤」，是楊安的個人名片，名片背面的空白處，不知誰人用原子筆寫了四句十六字，字跡潦草拙劣，認得是《文心雕龍・神思篇》其中一小段，但竟有五個錯字，不學無術，內容狗屁不通。

「嘎——」樓下鐵門打開。

我關掉電筒，屏住呼吸，不敢移動腳步。

「啪——」樓下電燈放亮。

陳心樂回來了？還沒一小時，李崗警官不可能留不住他……

「你原來在這裏。」是林慧姍的聲音，她指的「你」是我嗎？她怎知我在這裏？

「你乖乖下來吃東西喔。」

我乖？我不餓耶。

「我帶了你最愛吃的貓罐頭。」原來她來餵獨眼黑貓，「心樂還在警局裏，他擔心你沒東西吃，留短訊通知我來餵你，慢慢吃，你一定餓壞了，一罐不夠，還有另一罐，我帶了雙份，包你吃到飽，你真乖，回來吃，在外面拉便便，從不需要心樂來處理，你擔心心樂嗎？我也很擔心他喔，我早就勸他別接近楊會長，他老是不聽，說師恩要報，現在招惹官非，被困在警局裏，不知何時脱身？官非這回事，並非變魔術，憑掩眼法，揚開紅布遮掩就可脱身，雖然他一再告訴我沒事的，叫我放心，但幹這種勾當，怎可能沒事？」

我閃到樓梯口探頭向下望。

樓級下，林慧姍蹲在黑貓身旁自説自話，黑貓低頭吃着貓罐頭，尾巴左撥右擺，吃得津津有味，對給牠食物的林慧姍不瞧一眼，真沒良心。

聽得出，林慧姍知道陳心樂幹什麼「勾當」，如果那「勾當」是跟楊安合謀揭發張勇走私藥物，惹上官非的只有張勇，陳心樂要「脱身」根本不成問題，可見楊陳兩人還有其他不見得光的勾當，陳心樂口硬，想不到，破口卻在林慧姍，我有新目標了。

「鈴……」

「喂，你回家了……今晚不是加班嗎……我？我到夜市替你買宵夜……你先洗澡，我現在回來，你有沒有特別想吃的東西？沒有……那我替你挑吧，待會見。」

掛線，關燈，關門。

樓下回復靜悄悄，偶然傳來黑貓咀嚼食物的「雜……雜……」。

耳後生風，陣陣寒意再度隨風入戶，我的頸後起了雞皮疙瘩。

「嗆——」背後的發條猴子毫無先兆地拍響一下詭異的鐃鈸。

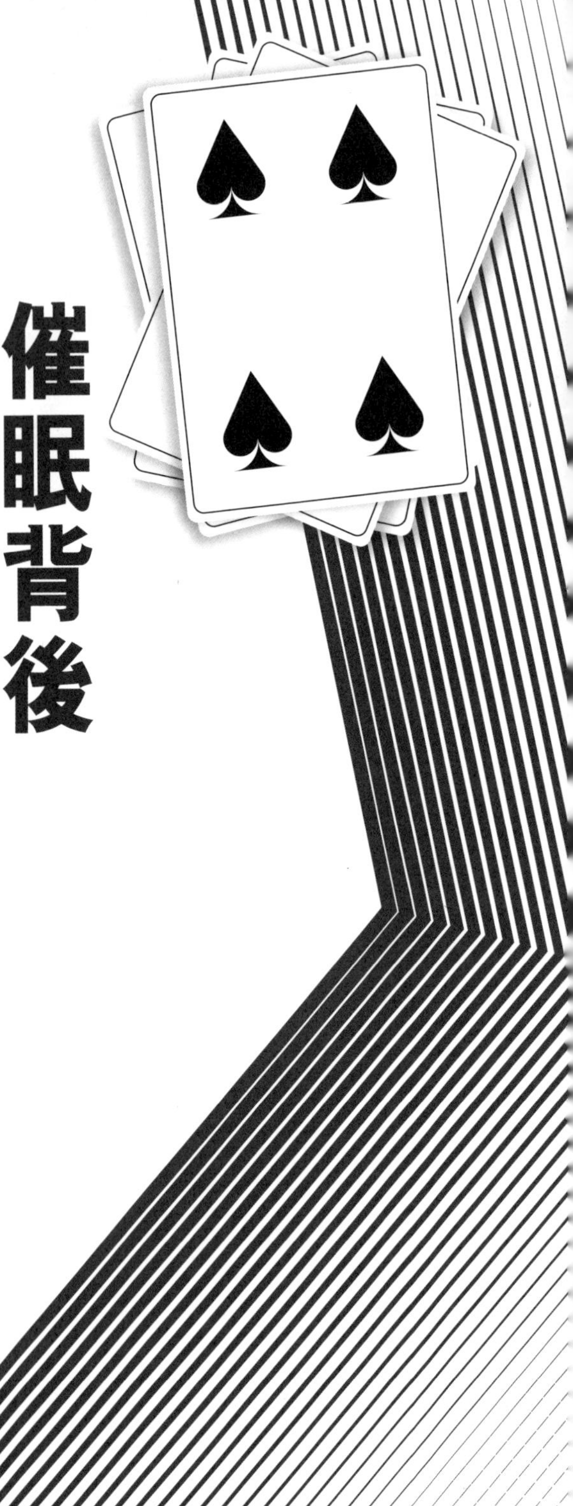

催眠背後

線索出現，阿Wing刺探藏參地點，遭巨蛛及人狼等襲擊，身陷險境，需無窮意志戳穿幻象！

1

聽見一聲怪響。

感到地板左右微微晃動，有點兒頭暈眼花。

地震嗎？

台灣地震頻仍，每年平均發生四萬次，99.9% 是六級以下，以震了你也不覺的輕微地震居多。不過，「地牛」偶然出奇不意的稍稍翻動，給你一點震感，倒也是日常生活中的困擾。日子一久，神經過敏的人會產生一種叫「假性地震感」的錯覺，我就是其中之一。在台灣留得愈久，假性地震感愈多，雖然明白小震不用逃，大震逃不了，但一有震感，緊張難免。經歷了無數次杯弓蛇影，我學到一個方法判別當下的地震孰真孰假，就是抬頭看天花吊燈，低頭看窗簾拉繩，如沒晃沒動，就是假的。

「小光別怕，不是地震。」我抱起朋友的兒子，昨晚他第二次被拐。

「我不是怕地震……」小光的身體仍在發抖，慌得臉無人色，「我怕鬼……」

他眼怔怔的瞅着窗外。

窗外，白霧逐漸逼近。

這團白霧以緩慢、具催眠效果的速度朝着我們滾動過來，又濃又濕的，白茫茫一大片，完全不反射光線，擋住早上的陽光，掩蓋遠山近樹，濃霧滾過之處，花草樹木、山徑步道，全被吞噬似的，盡都消失於霧中。從窗子看出去，整片山野除了霧之外，什麼也沒有，了無生氣，陰森可怖，我感到一陣貫穿背部的寒意，人同此心，小光聯想到鬼怪，我不意外。

「傻孩子，沒鬼……」我自覺聲音毫無説服力，困頓地再看窗外，白霧的移動雖然緩慢，但持續前進，山巖阻不了，巨木擋不住，我們變成霧中人是遲早的事，儘管霧並沒殺傷力，被看不透的霧「圍困」，一股不知從何而來的虛怯不安不住侵蝕我的鬥志。

農舍前面的竹籬笆即將「淪陷」，本來倚在籬笆上，我使用的紅色登山杖一直頑強地挺立霧中，川流不息向前滾動的霧一層又一層的把它罩住，紅色愈來愈暗淡，杖影愈來愈模糊，下一瞬間也隨着籬笆和小徑消失了。

又聽見一聲怪響，若有若無，似遠猶近，聲源難辨。

小光在我的懷中猛地顫抖。

我低頭安慰他，卻見他的臉色發白，浮腫的雙眼惶惶然盯着窗外，張開嘴巴，喉結不住跳動，以喊不出來的聲音說：「鬼……」

我循着他的視線再望向窗外，赫然看見一個全身白衣、長髮披面、不見容貌的東西不知何時把窗子完全拉開，木然倚窗直立，我的心臟「噗通噗通」狂跳，感到一聲尖叫從心底陡然升起，卡在喉頭喊不出來。

縷縷白霧夾着絲絲寒濕空氣，如游絲飄絮般緩緩越過窗框，滲進屋內。那東西浮在霧間，伏在窗框上，匍匐攀爬，貼牆而進。

忽覺胸膛暖濕，嗅到陣陣尿臭，原來小光給嚇得尿褲子呢！

我把小光放在牀上，俯身抓起牀邊一張木凳，擋在小光身前，擺出迎敵架勢，那不知是人是鬼的長髮東西敢爬過來，我就給它迎頭重擊。

看來，那東西的動態跟白霧融為一體，霧向前滾，它向前爬，它不超越霧，霧浮載它，有點像魚與水的關係，此刻霧已進屋，在屋內擴散瀰漫，預計它在屋內的活動範圍不斷擴大。它完全攀過窗框，滑落地板，慢慢站起身，慢慢撥開披面的長髮，露出一雙血紅凸眼，歪着頭上下打量我和小光，紅眼轉左轉右，充滿殺意，它的舉動顯示把我們視作獵物，似在考量先攻擊大的還是小的。

可惡！我一咬牙，先發制人，跨步上前，舉凳就打。

「啪嘞——」

木凳擊在窗框之上，四分五裂，一擊不中，我倉皇後退，手上只餘兩根凳腳。

剛才，不可能的，我明明打在它的頭上，它明明站着不動，我怎會打空？

結果，我就是打空，毀了木凳，它卻連頭毛也不折斷一根。我的心底發毛，手上的武器只剩得一雙凳腳，管用嗎？

大概我的攻擊露了底，知道我的戰鬥力跟它相差太遠，奈它不何，它可以肆意出手，但見它抬起雙臂，露出尖刀一般的長黑指甲，對準我被小光尿濕的胸膛，隨時刺下，抓取我的心臟——

就在此時，長髮東西背後的窗外，一團黑影從霧中撲出，由遠到近、從模糊到清晰，隔窗把它擒住，除了一雙慘綠的眼睛和兩隻毛茸茸的巨臂，根本看不清那是什麼怪物。長髮東西的頭左右抽動，發出刺耳的尖叫聲，雙手亂打亂撥，不住痛苦掙扎。然而，窗外的怪物比它更強，不讓它掙扎下去，兩、三下工夫就把它整個揪出窗外，拖過籬笆，遠離屋子，尖叫聲不再，只在霧裏傳來撕肉咬骨的「雜……雜……」。

我趨近窗前，只見一雙慘綠的眼睛在霧中朦朧的眨動眨動。

長髮東西消失了，不見得我們安全，因為一頭比它更厲害、更兇暴的怪物就在外面，撲進來攻擊我們，如取如携。

渾身尿污的小光從牀上爬起身，抱着我的後腿，不住哆嗦打顫，三日前他第一次被拐，告訴大人與其他小孩在房子裏集體見鬼，我們看了口供，以為是小孩看錯或亂説，現在我親歷其境，才明白他們的驚恐確有其事。

2

昨晚，在夜市收到朋友來電，知道小光再度被拐，那時正聽林慧姍談陳心樂，我馬上致電李崗警官確認陳心樂是否仍在警局，回覆是「陳心樂大約一小時前離開警局」。

我心裏有數，别過林慧姍，趕往小光的家。一路上，琢磨林慧姍的話。我離開陳心樂的機車店後，在夜市找到她，直接查問陳心樂與楊安搞什麼勾當，她老實回答陳心樂少年時曾拜師楊安，成為他的入室弟子，不知兩人有什麼協議或理由，不公開師徒關係，她不清楚詳情，隱約覺得陳心樂為了報恩，幫助楊安作某些違法的事。我奇怪，報師恩不值得陳心樂為楊安違法。她說除了師恩，楊安對陳心樂還有別的恩惠，她憶述二〇一九年的聖誕節——

3

捷運列車抵達板橋站。

與前幾個車站相比，下車的人驟增，林慧姍尾隨人潮慢慢離開車廂，慢慢走上手扶梯。車站大堂的指示清晰，拍卡出閘後，她很快在牆上、柱上找到指向耶誕城的箭頭。其實找不到亦不打緊，因為人潮正朝着耶誕城流動，沿途，兜售閃燈頭飾、卡通汽球、紅尖帽、薑餅人、拐杖糖的小販愈來愈多，通道兩旁的店舖櫥窗盡是聖誕擺設和減價廣告，節日氣氛愈覺濃厚。

看看腕錶，遲到了，奈何人太多太擠，她沒法加快腳步。陳心樂多半比她更遲，這人從沒時間觀念。

前面的少女剛戴上男朋友買給她的鹿角頭飾，急不及待的拉男朋友站在通道中央自拍，儘管戴着口罩，仍可看到眉開眼笑，她的雀躍表情不難想像，兩人縱然「阻塞交通」，路人亦不以為然，繞道而過便算了。

林慧姍的心情矛盾。

她希望男朋友送她聖誕禮物，又不想欠陳心樂太多，因為她正考慮跟他分手。

上月，陳心樂應楊安邀託，一起前往香港不知辦什麼事，整整一個月音訊全無，新聞報道香港的局勢混亂，遊行示威、警民衝突幾乎是日日頭條，陳心樂電話不接、短訊不覆，教她憂心不已。就在這個月，徐國安乘虛而入，加強追求攻勢，對林慧姍包接包送，噓寒問暖，溫柔體貼，他又懂得走「岳母路線」，陪伴她到弟弟家去探望林媽媽，送禮物、哄老人家開心不在話下，這些事陳心樂從沒作過，林媽媽當然滿心歡喜，替徐國安大大加分，尤其徐國安有正當職業，陳心樂不務正業，她不住的語重心長，勸導女兒要找個好歸宿。

林媽媽的話當然有分量、有道理。林慧姍一直心亂如麻，難以抉擇。

上星期，陳心樂終於回來，一如過往，與楊安在香港幹什麼沒多作解釋。既然他平安，她就沒多問。她提議去耶誕城看亮燈，相約在巨型聖誕樹下見面。

經過五、六個箭頭指示，曲曲折折的拐了五、六個彎，穿出一條長長的地下走廊，那株聖誕樹映入眼簾。三十五公尺高的綠色樹身掛滿大小不一的銀色燈泡，樹旁矗立一個紅袍白鬍的巨型聖誕老人，周圍站着拍照和被拍照的遊人，拍的尋找最美的角度，被拍的盡顯最美的一面，大家都樂在其中，當中，還可發現一些只在鏡頭前才有傻勁擺出來的怪趣姿勢。林慧姍沿着聖誕樹的圍欄走了半個圈，在聖誕老人的禮物袋旁邊找到陳心樂，他罕有地比她早到，卻坐在石凳上發呆，跟周遭的歡樂氣氛格格不入。

「燈飾很美啊！」她語帶相關。看見他的快悶掃興，她後悔為什麼不約徐國安作伴看亮燈。

「沒錯……的確……很美……」他的言不由衷，三歲小孩也聽得出。

「那，我美嗎？」她今晚特別悉心打扮，化了妝，戴了項鍊，塗了香水，穿上一襲新的花裙子，跟平日上班時的制服look不一樣。

「你是全場最美的。」他這才清楚看她，不過讚美倒是真心的。

「口甜舌滑。」她心軟，讓他牽着，垂頭頓了一頓，道：「亮燈儀式快要開始喔。」

「我們過去吧。」

他牽着她走上台階，進入廣場。

兩人在人堆中左穿右插，緩緩移近主禮台。台前圍滿市民。拍攝人員、採訪人員早已霸佔最佳位置，架起相機，閃光燈閃耀此起彼落。

司儀小姐以熱切歡欣的腔調，宣佈簡單而隆重的亮燈儀式馬上開始，首先邀請贊助機構代表、企劃部門代表逐一上台，一字排開。最後一身便服的市長出場，站在一眾嘉賓跟前，面向市民，接過無線咪高峰，開懷熱情地向大家問好，換來一片掌聲。市長接着也感謝贊助機構、企劃部門，待要進一步介紹市政府的工作，突然，七、八個年輕人從四方八面搶上主禮台，有男有女，高舉抗議紙牌，高叫口號。

遇到「突襲」，市長和嘉賓不知是反應不來，還是以不變應萬變，他們只是站着，沒阻止抗議者，也沒走避。市長的動作雖然顯得有些許僵直，但仍極力擺出一派臨危不亂的從容。

擾攘了十來秒，才有人上台制止，那些人卻非警察或市長保鑣，看其樣子，只是一般職員和上年紀的場地保全，跟年輕的抗議者在台上追逐，圍着市長團團轉。

「你的手……在抖，不舒服嗎？」林慧姍奇怪。

「我……擔心……」

「他們沒惡意的，不會傷害市長，你不用擔心。」

「他們抗議什麼？」陳心樂並不關心市長。

「我不清楚喔。」林慧姍聳聳肩。

「偏偏選這個時候跑出來抗議、搞擾，大煞風景，破壞我們的歡樂氣氛。」身後有人批評。

「自由社會，自由表達意見。難道你希望今天的年輕人像幾十年前一樣，搞個讀書會也要坐牢嗎？」立刻有人反駁。

先前那人不再作聲。

台下，大部分羣眾的取態是旁觀，大概也不了解抗議什麼，既不支持，也沒反對，就像亮燈儀式遇上技術故障，如音響失靈、咪高峰沒電、電線鬆脱，安靜等一會，職員跟進處理，自會回復正常。

又追逐了十來秒，不知是否跑累了，抗議者終於就範，乖乖的被職員帶下主禮台。市長恢復演説。陳心樂看來沒心情聽他説什麼，神經質地頻頻回頭張望，關心抗議者給帶到什麼古怪地方似的？

「搞擾告一段落了，看那邊，亮燈開始。」林慧姍拍他的肩，指着市政府大樓。

市長的演説已經結束，女司儀興奮地帶領大家一起倒數。

「十——九——八——」

全場燈光熄滅。

短短一瞬間，整個廣場的璀璨輝煌彷彿被黑暗完全吞噬，人們的熱情不減，興高采烈地期待着，林慧姍卻察覺陳心樂極不對勁。

「你的手很冷，咦？你冒冷汗喔，哪裏不舒服？是不是人太擠？要不要回去？」

「不要……沒事……」

「真的沒事？」

「不要掃興，我們繼續倒數。」

「三——二——一——」

光彩再現。

歡呼再起。

林慧姍斜眼偷看陳心樂，他的狀況像個夜半從噩夢中驚醒過來的小孩，而他注意到已引起林慧姍的注意，極力壓抑着緊閉嘴巴，不讓自己失態失控。

「真的沒事了……我現在很平安……」他的胸口起伏，不斷作深呼吸，慢慢冷靜下來。

市政府大樓外牆此刻變成一面巨大的「投射屏幕」，開始放映一齣3D動畫，主角是Lego聖誕老人，他為要尋找伯利恆之星，展開一段電子遊戲式的歷奇旅程，打開一道又一道的門，闖過一卡又一卡的關。

陳心樂的連串異常，把林慧姍的愉快心情通通掃清光。

「屏幕」上，Lego聖誕老人最終「排除萬難」完成任務，「有驚無險」的戰勝一個貌似凶惡的草包子機械人，把它打倒地上，摘下它頭頂的伯利恆之星，改放在一株矮小的聖誕樹尖。才放好，那顆五角星綻放萬丈光華，聖誕樹迅速長高，畫面隨即呈現Merry Christmas字句，背景的煙火圖案不斷爆閃。

「聖誕快樂！」人們互相祝福。

廣場上的聖誕燈飾再度放亮。

司儀小姐宣佈亮燈儀式圓滿結束，市長和嘉賓一邊向市民拱手、揮手，一邊輕鬆步下主禮台，歌手和樂手接續登台獻唱，同一個主禮台，十多分鐘前的抗議活動完全不留痕跡。

「你餓嗎？我們去吃東西……」

「不吃。」林慧姍甩開他的手，「你不想來，應該老實告訴我，我找別的朋友陪我，現在你人在耶誕城，心不知飛到哪裏？你到底發生什麼事？給我説清楚……喂，我跟你説話呀，你在看什麼？」

原來陳心樂目不轉睛地瞧着林慧姍身後的六角亭子，那些抗議者最後被帶進亭子裏，身穿印着Police戰術背心的一男一女便衣警員正逐一向抗議者問話。抗議者都坐在長凳上，並非跪在或蹲在地上，雙手也沒遭手銬或粗索帶反銬，有幾個更自由地掃滑手機。負責跟進抗議事件的，就只得那雙男女警員。亭子內外，警力鬆懈，震懾薄弱，不見一個普通的軍裝警察，遑論全副鎮暴裝備的防暴警察，畢竟在這裏向市長抗議並不等同暴動。

陳心樂看似鬆一口氣。

然而，林慧姍那晚出奇地固執，堅持要陳心樂說清楚什麼回事，陳心樂被她逼得喘不過氣，最終把來龍去脈和盤托出。

原來他到達香港第一天就出事了。他們入住位於尖沙咀的酒店後，楊安外出打點，留下陳心樂在房間裏休息。街上人頭湧湧，抗議口號聲又澎湃又整齊，陳心樂抵不住好奇，下樓走到人行道上與記者、路人、急救員一起近距離觀看示威者跟警察在彌敦道對峙，這種場面從前只在電視新聞看過，身在現場，感受截然不同，受到示威者的狂熱所感染，他不禁心神震撼。

誰知，站定才不到五分鐘，警察「砰砰嘭嘭」的發射催淚彈，其中一枚竟落在陳心樂身旁，濃烈的、刺鼻的白煙迅速蔓延，白煙都燻得他眼睛刺痛、淚水直流、呼吸困難。周遭的人亂作一團，爭相躲避，有人逃跑，有人尖叫，有人跌倒。他瞇起雙眼，掩着口鼻打算跑回酒店，才轉身，迎面湧來大羣蒙面黑衣人，撞擠拉扯，反而把他逼進逃跑的人流當中，不知就裏，不辨方向的在橫街後巷之間東躲西逃，其間有人拿清水替他沖眼洗臉，有人為他戴上過濾面罩。最後他們被一隊凶神惡煞、沒穿制服的蒙面人截停。陳心樂極力向對方解釋自己是路過的旅客，並非示威者，但沒人理會他，他被扯下面罩，雙手被粗索帶牢牢反銬。

身為一流的魔術師，區區一條膠帶沒可能綁得住他，何況那些蒙面人身分不明，兵賊不分，解釋不聽，當下他唯有自救，趁看管的人不察，他悄悄自行鬆綁，可是，膠帶才跌落地上，一根硬棍就擊打他的頭部，他眼前一黑，跌倒在膠帶之上。

之後，他迷迷糊糊的被抬上車，被抬上樓，被抬上牀，有人拿棉棒伸入他口中撩來撩去，有人替他抽血，有人替他注射。不知發生何事，不知身在何處，到他甦醒過來，發現自己躺在冷硬的手術台上，身無寸縷。搖醒他的人是楊安。

楊安跟他說：「沒事了，我刷盡人情卡，耗盡九牛二虎之力救你一命，保你全身內外不缺，大恩大德，你日後要感恩圖報啊。」當陳心樂恍恍惚惚的穿回衣服，離開手術台所在的建築物時，訝然發覺身處內地。他們不回香港，經廈門飛返台灣，在桃園機場落機時，楊安叮囑他：「為自己着想，不要把在香港的遭遇告訴任何人。」

「後來陳心樂如何感恩圖報？」我最後問林慧姍。

「耶誕城那晚還沒實行，之後不久我們分手了，沒再談及此事。不過，他曾告訴我楊安的背景不簡單，做事沒底線，常幹一些不見得光的勾當，所以他自劃底線，大凡殺人放火、謀財害命的事不會替楊安去幹。」

4

回想到這裏，車子到達朋友的家。

按門鈴前，我一直反覆琢磨「殺人放火、謀財害命」八個字，把這條底線套進連環拐帶案，小孩沒受傷，家裏沒失火，家長沒破財，小孩只遭到不害性命的驚嚇，算不算逾越底線？

朋友應門，他滿臉愁容，神不守舍。

怡君警官與李崗警官已到場調查。

朋友的妻子早就哭成淚人。

「又是那小丑拐子佬所為？」我問在場的人。

「今次有點不同，並沒拐子佬，不，應該說拐子佬在屋外面，但沒接觸小光，小光自己跑出去被拐。」朋友說得糊糊塗塗。

「你別急，慢慢說清楚。」我聽得一頭霧水。

「讓我來說吧。剛才我們反覆問過先生和太太案發經過，大致掌握了情況，如有錯漏，請學長補充。」怡君警官翻開記事簿，「事發前，太太在廚房做家務，先生在書房上網，小孩在客廳看卡通。太太無意中從廚房的窗子看見小孩獨自開門走出屋外，便高聲喝止，但小孩沒理會，逕自登上路邊一輛汽車。先生聽見太太的叫喊，馬上跑出去攔阻，還是晚了一步，汽車載着小孩開走，街上太黑，看不見車牌，只認得是一輛豐田。」

「我們所掌握的資料就是這些。」李崗警官瞧着朋友夫婦，「兩位還有沒有想起別的？」

兩人一臉茫然。

「嫂子，請你細想一下小光當時的精神狀態，他是聽不見你的叫喊？抑或是聽見而不理會？」

「我喊得那麼大聲，他怎可能聽不見？」朋友的妻子拭着眼淚，用力吐一口氣，「說起來，滿怪的，他當時的舉動很不正常，像中邪一般，眼定定的，身子僵硬，筆直的一步一步向前走。」

「那麼，出事前，你們有沒有聽見什麼？看見什麼異常的……」

「異常的……聲音……呀，我記起了，我依稀聽見鐃鈸的聲音，像宮廟裏作儀式那種鐃鈸。」

「不是，不是宮廟裏那種……」朋友的妻子皺起眉目，努力回想，「我也聽見，本來聽不見的，剛巧關上水龍頭，沒流水聲干擾，就聽見了。沒宮廟裏的鐃鈸那麼清亮，聲音較低較啞，好像我們小時候玩的那款……」

「發條猴子，對嗎？」我自覺眉毛跳動，緊張地插口。

「對呀，就是那款瞪大雙眼、厚唇翻開、笑態猥瑣的發條猴子。」朋友的妻子定睛看着我，「阿 Wing，你怎猜到的？」

「是陳心樂幹的……」我肯定地掃視眾人，「拐子佬就是陳心樂。我在他家裏見過這款今天已沒小孩玩的發條猴子，他的車子是一輛灰色豐田Yaris，而最有力的佐證是他精通催眠術，小光不是中邪，是受到催眠，催眠者指示他走出屋外，登上汽車，整個過程他身不由己。」

「看來，我們要去陳心樂的家搜查一下。」李崗警官坐言起行。

「他不在家，我剛去過，也相信他不會把小光藏在家裏。另外，我相信連環拐帶案的主謀是魔術協會的楊安會長，我們去找楊安吧。」

接着下來，警局幾乎總動員，兵分多路，緝捕楊安和陳心樂，同時李崗警官安排警察留守其餘五名小孩家中，叮囑他們注意小孩的異常舉動，倘若聽到奇怪聲響就要倍加留神。

兩小時過去，我們一無所獲，陳心樂不知所蹤；至於楊安，家人和徒弟都説他這幾天閉關修煉，地點秘密，沒人知曉。

幸而，警察加強保護那些被拐獲釋的小孩，他們全都平安，陳心樂沒機會搞鬼。

為什麼昨天釋放，今天再拐？大家抓破頭皮也想不出原因。

我們在廟前的空地會合，商討下一步行動。那廟在苗栗，是魔術協會名下的物業，屬一座小型宮廟，主殿為「重檐歇山」式建築，造工富麗堂皇，門、柱、窗、脊、雀替、瓜筒、樑拐、斗拱、看堵等盡皆精雕細琢，浮雕和壁畫琳瑯滿目，裝飾了不同動物、植物、人物的圖案，有抽象變形的，有寫實如真的，在在隱喻着「趨吉避凶，祈祥納福」，靈驗不靈驗，我不知道，但「財源廣進」倒是事實，因在台灣經營宮廟可說是一門「生意」。

根據台灣政府的統計，全台已登記的宮廟建築超過一萬五千座，平均每一萬人「分配」到6.5座宮廟，比便利店、夾娃娃店還要多，加上大量未登記的社區小廟、家庭式神壇，密度非常驚人，最有趣的例子是新北市的三重區，在一條長一百五十公尺的巷子裏就建了五間廟，台灣人對民間信仰的熱衷程度，由此可見。不管大廟小廟，滿天神佛，有廟就有人參拜，有人參拜就有可見實物的有價捐贈、不見實物捐贈、活動費用捐贈、財團企業獻金等收入，數目加起來相當可觀，而且「本小利大，營運無阻」，常見一些沒空地的社區小廟，舉行儀式活動時，隨便佔用人行道，甚至封閉行車線，沒人干涉，也不用繳納租金。

我眼前的化寶塔黑煙裊裊，卻不見火光，大概燒了一整天，餘燼未滅，香火之盛，可見一斑。

「阿Wing，你想得入神，發現線索嗎？」怡君警官從廟裏出來。

「嗄？我沒線索，你們呢？」我回過神來。

「廟祝的答案也是一樣，楊安閉關修煉，或在深山，或在密室，地點秘密，無人曉得。」

「等一等，深山……」我托一下眼鏡，「我記起了，張勇說過，魔術協會名下有一間舊農場，那農場是不是位於山區？」

「對，在附近山區，距離市區大約半小時車程。」怡君警官翻閱記事簿，「我知道那地方。」

「山區有樹木，早晚有霧，跟藏參地點吻合。」

「學長，你有何意見？」

「的確可疑，但我們人手不足，還有其他地方要搜。」李崗警官考慮片刻，「這樣吧，你跟阿Wing跑一趟山區，看看有沒有發現。」

「是。」

就這樣，我和怡君警官一起乘警車遠離市區，跑完寬闊筆直的高速公路，轉入迂迴漆黑的山路，拐彎又拐彎，上斜又上斜。

再過一小時便天亮，跑了整晚，忙了一夜，累得眼皮也撐不起來，腦海一片混沌，很想喝一杯過濾式咖啡提神，不知怎的想到台灣老詩人向明的一首別致小

4 催眠背後

詩：

過濾掉一切喧嘩之後
夜也睡了
只有蛙聲
不急不解的
宣稱：清醒

警車忽地停下。

「你做什麼夢？在夢中唸詩。」

「我醒着呢，只是閉目養神。」我揉搓眼皮，「到了嗎？不見建築物？」

「在前面，多拐幾個彎就到達。」怡君警官關掉車頭燈。

「不能打草驚蛇。」我明白她的顧慮，山路只得一條，晚間理應沒人沒車經過，警車一駛近，必定驚動農場裏的人，他們若有違法的證據，要藏要毀，時間充足。

「我們偷偷突襲。」

「可有小路過去？」我問。

「那邊有一條山徑，可穿過樹林，到達農場後方，腳程大約十五分鐘。」

「好。我們前後包抄。你守在車道，我抄山徑，二十分鐘後，你開車過去，他們要逃，我先截住他們。」

「等一下，山徑崎嶇，晚上不好走，車尾廂有根登山杖，你拿去用吧。」

登山杖……

5

那根紅色的登山杖正是我携來的真實物件。

陳心樂懂得催眠，如果我和小光所見的白霧、怪物都是受到催眠後的幻見，那根登山杖肯定不是幻象幻物。

小光曾被陳心樂拐帶，受他催眠的機會多的是，而我，何時也受他催眠？

不管了，當務之急，拿到那根登山杖，就可帶我們脱困，如果怪物和白霧都是幻見的話。

「不要出去。」小光扯住我的褲管。

「想脱險就得冒險。」

「我好怕，別把我留下。」

「我也怕，但我要鼓起勇氣，你也要，我們一起嘗試，來吧，你一步一步的跟貼我。」

若是幻見，一試無妨，若是真有怪物，不嘗試就沒法脱險，只會坐以待斃，因為怪物的下一個攻擊目標就是我們。

到處飄着從霧中散發出來的怪味，有點像廉價香水混合腋下臭汗的氣味，再聞下去恐怕死於窒息。

只有十公尺，忍耐下去，我告訴自己和小光，多走十公尺就可拿到登山杖，實實在在的登山杖在手，就知道哪些東西是真、哪些東西是假。

怪響再起，在霧裏，聲音的傳播受到濕氣影響，會出現扭曲，聲源有時難分遠近。不管遠或近，這種怪響，我幾乎可以肯定是那隻發條猴子在作怪，它正拍響手上的鐃鈸，它似乎爬在右邊一株高不可攀的檜樹上面，又似乎藏頭露尾的躲在左邊白霧中若隱若現的長草叢裏。

「不要去……」背後的小光再度洩氣，才走了四、五步，「我們退回屋子吧。」

「沒退路了。」我回望身後一眼，農舍已被白霧吞沒。

我們唯一的目標和希望就只有前方模糊的紅色杖影。

我握着小光又濕又冷的小手，彼此加油，感覺還有個伴，不至於完全孤單。

強自鎮定，戰戰兢兢的，又多走三步，紅色登山杖清楚看見了，它仍然倚在竹籬笆旁，挺立於霧中。

「嗒——嗒——」發條猴子起勁地拍響手上的鐃鈸。它又搞鬼了。

「後退……」小光又説洩氣的話。

「我們不能退……」

「蜘蛛！」小光指着登山杖上方。

看時，我登時感到喉嚨乾澀，雙腿虛脱乏力，幾乎站立不穩，震驚非常。

一隻大如成年德國牧羊犬的巨型蜘蛛正垂絲而下，擋在登山杖前面。它通體墨黑，渾身尖硬長毛，橢圓的背部長了黃色、綠色的斑紋，雙眼紫紅，張開獠牙巨口，舞動多關節的毛腳，擺開攻擊姿勢，隨時撲過來張口噬咬。

後退抑或前進？

「喳——」

緊接鐃鈸拍響，右側林間傳來一陣「嗥……嗚……」。那頭綠眼怪物再現霧中，它躍過籬笆，仰天嗥吼，看清楚，原來是一頭人狼。

真的沒路可退了！

沒退路，唯有向前闖，我豁出去，開步向前，抱着必死的決心，不理會蜘蛛、人狼，伸手去拿，沒痛沒傷，沒阻沒擋，拿到了！我的手竟穿過蜘蛛的軀體，拿到真實存在的紅色登山杖。

蜘蛛就在我眼前消失。

它是幻見。

「嗥……嗚……」人狼仍在撒野。

我握杖反手揮出，「啪」的擊中人狼的毛嘴。

「呀——」女人慘叫。

霧消失了，晨光耀目璀璨。

Thanks God！

想起《路加福音》的兩節經文：

因我們神憐憫的心腸，叫清晨的日光從高天臨到我們，要照亮坐在黑暗中死蔭裏的人，把我們的腳引到平安的路上。

「好痛……」一個捲髮、闊臉、高低眉、細圓眼的女人站在人狼的位置，撫着被我打傷的左臉。

「花師奶」？原來小孩的形容沒錯，這人真的有幾分像卡通人物「花師奶」。

發條猴子丟在她的腳前，發條的扭力將盡，它的鐃鈸正處於想拍未拍的狀態。我揮杖挑打，把它打成兩截，齒輪散落、彈簧飛脫、鐃鈸兩分，那個咧嘴露齒瞪眼的猥瑣猴子頭在草地上滾到老遠。

山路傳來車響。

怡君警官來了。

「小光，囚禁小朋友的是不是這個女人？」

「是。」小光用力吞嚥口水，然後堅定地點頭。

「喂，大嬸，你是什麼人？」

「她叫楊金花，是楊安的胞妹。」怡君警官來到我身旁，掏出手銬，「花姨，我知道你並非主謀，你的角色只是照顧小孩，你跟警方合作，我幫忙替你求情減刑。」

「我……」楊金花頹然拿出一條塗了廉價香水的手帕擦汗抹血。

「主謀是楊安，拐子佬是陳心樂，對嗎？」我掩鼻退後，附和怡君警官。

「沒錯。我只是聽大哥吩咐，在這裏照料小孩的起居飲食。一切違法的事是他兩師徒幹的，我全沒參與。」

「他們為什麼要拐帶小孩？且又放了再拐？」

「都是我不好，小孩不願吃素，我一時心軟，給他們吃葷，害大哥煉丹不成。」

「素？葷？煉丹？什麼鬼話？你說清楚一些。」

「花姨你慢慢來，給我們說個明白。」

「是這樣的，大哥在大陸得到一張煉丹秘方，丹藥服食後可長生不老，藥引是六個男孩分量的童子尿，取尿的條件滿特別的，他們至少吃素三日，早晚打霧，在驚嚇狀況下排尿。大哥根據秘方，到處搜羅藥材，提煉七七四十九日。另一方面，聽他說，試過不同方法招募男孩，都不成功，他最後沒辦法，唯有命陳心樂替他拐帶六歲以下的男孩，因在這裏，交由我照料，就是那天小孩不願再吃素，啼哭不休，我心軟壞了大哥的大事，煉丹失敗。昨晚他趁藥材仍然有效，急命陳心樂再拐男孩。」

「嗄?」我記起寫在楊安名片背後的四句十六字,「陶鈞人泄,遺在虛驚,蔬瀹五臟,澡雪精神。」

「咦?原來你也曉得藥引的秘方。」

「白癡!」我哭笑不得,「前人說,讀書不成者,淪為盜賊,其實做賊也要好好讀書,不然的話,淪為文盲笨賊,自討苦吃。」

「阿Wing,你說什麼?」

「那四句的正文是:陶鈞文思,貴在虛靜,疏瀹五臟,澡雪精神。」我不禁搖頭,「出自《文心雕龍》的〈神思篇〉,〈神思篇〉專談藝術創作的構思,不知什麼人立什麼壞心腸,更換五字變成童子尿的秘方,不倫不類,荒謬可笑。看來楊安在大陸遇上老千呢!更荒謬的是,台灣沒雪,楊安以霧代替。花姨,他煉丹失敗,根本與你無關,小孩吃素吃葷,後果都是一樣。」

「現在，楊安和陳心樂在哪裏？」怡君警官問。

「陳心樂本該陸續送小孩到來，但昨晚只來過一趟，我不知他在哪裏？大哥説要照管五昧真火，不能寸步離開丹爐，他在哪裏煉丹，我亦不知道。」

「丹爐……爐火……」我的腦海閃過昨晚的畫面，「廟前的化寶塔！整晚冒煙，楊安躲在廟裏，化寶塔下面一定有密室機關。」

「有道理，我立即通知學長。」怡君警官取出手機，收起手銬，畢竟花姨已合作招供，無需對她恐嚇施壓，諒她一個弱質女流在荒山野地也逃不到哪裏去。

「花姨，我還想了解一件事。」

「你問吧。」

「你怎懂得使用那個發條猴子進行催眠？」

「我不懂的，我一個小女人，沒讀過書，怎懂得這些深奥的技法。那玩具是陳心樂給我的，他跟我説，若那個香港人，即是你，找上門，就旋扭猴子的發條，讓它拍打鐃鈸，你聽見聲音，自會迷亂喪志，失去戰鬥力。」她露出一絲詭譎的微笑，「果然有效。」

陳心樂既然猜到我會追蹤到這裏，怎不更換藏參地點？我沉吟不語。另外，他特別針對我，知道催眠對我有效，為什麼？噢，對了！為了尋找三毛，回憶車牌碼號，我幫助他自我催眠，一定是那時候中伏，我的潛意識也受到影響。

「小光，你又尿褲子，濕濕臭臭，不舒服，來，我帶你去更換乾淨的褲子，房子裏的小孩褲子多的是，你喜歡什麼顏色？」她伸手去拖小光。

「不。」我撥開她的手，「你去拿褲子，待會在警車裏替他更換。」我絕不讓小光離開我的視線範圍。

「知道。小光乖乖等我喔，我現在去拿一條最漂亮的褲子給你。」她笑着向小光揮揮手，然後轉身返回農舍。

「對啦，小光打電話給爸爸報平安。」我把手機遞給他，「你知道爸爸的電話號碼嗎？」

「我知道。」小光嫻熟地操作手機，這個年頭，手機普及，幾歲大的幼稚園學生已通曉應用，人人機不離手。

那邊，花姨已推開大門，進農舍前回頭多瞧我們一眼。

「她去哪？」怡君警官談完電話。

「為小光拿乾淨的褲子。」

「我跟學長溝通過，他立馬帶隊再搜一遍那間廟，若有密室機關，一定翻出來。」

「好。」

「阿 Wing 叔叔，爸爸説多謝你。」小光交還手機。

「不客氣。」我摸摸小光的頭，「咦？她去了這麼久？」

「不妥。」怡君警官看我一眼。

「你看着他。」我把小光推向她，快步跑回農舍。

門沒關，正如半小時前初次查探一樣，一進門，就看見玄關放滿大大小小的拖鞋，屋內鴉雀無聲，跨過那些佈陣似的拖鞋，走進有條不紊的廚房，煲鍋碗碟擺在爐灶架櫃的適當位置，油米鹽糖一樣不缺，還未拆開包裝的礦泉水一疊疊的靠在牆角，旁邊放着一籮新鮮的瓜果菜蔬，再過去是吃飯和睡覺的地方，牀鋪潔淨，桌椅整齊，桌上放着各式玩具，唯一不同的是桌前其中一張椅背，多了一條乾淨的小孩褲子，周遭不見一人。

「花姨？」我提高聲線。

沒回應，四下靜悄悄的。

「怎樣？」怡君警官拖着小光進來。

「給她溜掉。」我一時失策，被她騙了，真丟臉。

「她逃不掉的。」怡君警官拍拍我的肩，「學長來電話，說已在廟裏發現密

室，楊安把自己反鎖在裏面，不肯出來。」

「我們先趕回去。」我取了褲子，「走吧。」

說不定，陳心樂也在那裏，打開密室就把兩人一網成擒。

他們干犯的雖不至於殺人放火、謀財害命，但拐帶兒童仍屬嚴重罪行，所為的卻是愚蠢地實踐一張虛假的煉丹秘方，值得嗎？

日本學者兼殖民官員後藤新平研究台灣人，得出一個富爭議的結論：「台灣人的民族性：愛錢、怕死、愛面子」，這結論若是成立的，套在楊安身上，還要加上一項：「迷信」。

最後魔術

真相大白，街頭魔術師施展最後魔術，逃之夭夭？還是阿 Wing 有何目的？

1000

1

「說起來有點困擾，什麼是完美的魔術表演？說穿了，終究是瞞騙與識破瞞騙之間的競爭，即是人與人之間的競爭，因為站在舞台上的魔術師是人，坐在台下為我鼓掌的也是人。有時候，觀眾的期望其實挺多元，有人欣賞我的成功，有人等候我失手，有人是騎牆派。我沒可能滿足每一個人，唯有做好本分。魔術擁有悠久的歷史，一代又一代的觀眾在歷史裏成長，眼光愈來愈銳利，見識愈來愈廣博，舊的魔術技巧已被觀眾洞悉，透過互聯網不斷與人分享，逼使魔術師不斷推陳出新，精益求精，儘管我的技巧沒人洞悉，沒人洞悉就是完美，但我是一個不停超越完美的魔術師，追求頂尖絕藝，永遠一新觀眾的耳目。」

「廢話！謬論！」我一語道破，「你的表演都經不起考驗，劃地為牢，來來去去只在公園、球場、街頭等地以小規模進行，觀眾不外是街坊鄰里、老人小孩，大都沒看過舞台上的魔術表演，沒比較，自然給你瞞騙過關。」

「好哇，你見過世面，不是大鄉里，以下的表演，請你落足眼力找出破綻。找到，我甘願成為階下囚；找不到，我就逃之夭夭。公平吧？」陳心樂把手搭在三毛的肩上，「小助手，預備好了嗎？」

「不……」三毛怯懦地望一眼腳下，稍稍搖頭表示拒絕，卻不敢移動身體，動作也不敢過大。

「初次登台，緊張難免。寬容一點吧！你一直渴望當我的助手，現在得償所願，卻擺出苦瓜乾一般的臭臉，不討觀眾歡喜啊！不行，不行。」

「你放開三毛！」

「別刺激他。」怡君警官用手肘碰我一下，「那缸水很深，丟下去，三毛會沒頂。」

的確，陳心樂那個用來表演水裏逃生的巨型玻璃缸已經注滿清水，缸頂架了一塊木板橫跨水面，充當臨時舞台，陳心樂和三毛並排站在木板中央，木板勉強抵得住兩人的體重，內下微微彎墜。

林慧姍、徐國安、大毛、二毛和他們的奶奶都是受邀觀眾，齊集缸前，大家只擔心三毛的安全，都沒心情觀看陳心樂的表演。

「喂，你先放三毛下來，你也下來，拐帶的事，我們好好商量，被拐小孩都平安無恙，他們只在山區住了幾晚，吃了幾餐素菜，你所作的並非殺人放火，謀財害命那般嚴重……」

「請你閉嘴，欣賞魔術，用眼睛不用嘴巴，你盡你的本分，我展我的本事，且看是你眼利，還是我的出手夠快。」陳心樂解下牆邊一根繩子，那繩子的一端穿過吊在天花的滑輪，另一端沿水缸垂落地板。

「你想怎樣？」

他把食指放在嘴前，示意我噤聲，然後把繩子套在三毛腰間，說：「小助手，鎮定，沒事的。沒你，表演不會成功。」

「不要綁我……」三毛抽泣。

「放鬆心情，享受接着下來的一刻，這一刻在你的生命中意義重大。」他抱起她，「各位觀眾，留神啦！」三毛雙腳離開木板，不自覺地驚呼掙扎，兩人在板上搖搖欲墜。

「啊！不要！」奶奶雙手掩面。

在座無不嘩然。

救人要緊，我曲腿脱鞋，搶步上前，三毛一落水，我就躍進缸裏救人；怡君警官亦拔槍在手，危急時射破水缸。

缸頂，陳心樂連人帶繩把三毛拋下，他似預計到我的步速和方位，把三毛拋給我，沒把她拋落水中。

我張臂接住三毛，三毛丟下時，帶動腰間的繩子，繩子經過頭頂的滑輪，牽引、扯起堆放地上的一塊紅布，三毛落，紅布升，紅布把水缸遮蔽，陳心樂「啪嗵」的跳入水裏，濺起大量水花，清水四溢，玻璃缸前的觀眾無一倖免，全被弄濕。

「三毛，別怕，我接着你。」

三毛張開眼睛，猶有餘悸。怡君警官替她解開繩子，交給奶奶照顧。繩子鬆脱，紅布落下，眼前只剩一缸濁水。

陳心樂消失了。

魔術成功，我們看不出破綻，他逃之夭夭。

我相信青出於藍勝於藍，初出道時，陳心樂縱然師承楊安，如今論到魔術技巧，楊安難望其項背。陳心樂這次水缸逃生，清脆俐落，被他逃脱，我無話可説。相反，較早前楊安的密室逃脱，卻是雞手鴨腳，弄得焦頭爛額。

2

今早，我們帶着小光從山區農舍趕返苗栗那間廟，警察已在廟的周圍拉起封鎖線，我先把小光送還相約在廟外等候的朋友夫婦，然後讓警員帶路，到達楊安藏身的地下密室，由於地方狹窄，空間局限，我和怡君警官進去後，在密室門外候命的警員需要退回地面。

李崗警官站在密室門外，隔着氣窗游說楊安抗降。

「楊會長吶，裏面的爐火又熱又悶，我隔了一道石門亦覺熱氣烘烘，你在裏面焗桑拿一般，長時間會影響呼吸道健康，我勸你，還是出來透透氣吧。」

「你懂什麼？這五昧真火具有神奇療效，光是烘火也延年益壽。」

「既然這樣神奇，你無需煉丹，烘火便可以。」

「所謂長生不老，重點在於不老，給你長壽，但機能退化，周身病痛，行動不便，長年臥牀插滿管子，靠營養液維生，只落得活受罪。我煉這丹，藥效就是不老。」

「聽說你的所謂煉丹秘方，其實是杜撰，騙子篡改古書文句，瞞騙文盲。」

「你們凡夫俗子，懂個屁，咳咳……」楊安把胸前的八卦墜飾緊握在掌心。

「我懂得面對現實，幾十年後的事無謂傷腦筋，這趟你注定失敗收場。楊金花、陳心樂已經潛逃，他們自顧不暇，沒人替你收集童子尿，你煉那爐丹藥最終枉費心機。」李崗警官拿起手邊的珍珠奶茶，啜飲一口，「我勸你，還是出來喝杯凍飲解渴吧。」

「你干犯的只是教唆拐帶，並沒勒索金錢，也沒傷人，小孩又平安回家，相信法官會酌情處理。」我插口游說，「坐幾年牢，東山再起，到時，你仍有興趣煉丹，大可正正當當的搞什麼修煉營、健體班，招募小孩參加，童子尿多多都有。」

「我沒試過嗎？有辦法，誰想犯法？現在的小孩都是父母的心肝寶貝，父母一聽見幼童獨自留宿，三餐吃素，全都搖首拒絕，唯有親子班才考慮參加，但父母同在，我們不能驚嚇小孩，拐帶是沒辦法中的辦法。」

「咦，我感到裏面的熱力減退，爐火快將熄滅吧？」李崗警官湊近氣窗，「你的丹藥終究煉不成，跟我們合作，出來吧，我當你自首，多給你一個減刑的理由，縮短你坐牢的日子。」

「我有錢有面，怎能讓自己坐牢，一日都不能！咳咳，你說得不錯，爐火會熄滅，我會出去，但不會被你押着出去，再見，後會無期……」

「他想逃！」身後的怡君警官喊道。

「他無時無刻都想逃，但怎逃……」

李崗警官的話還沒說完，密室的電燈熄滅，石門擦地移動，古怪的是，密室裏也傳出相同的石門擦地聲音。

我們立即取出電筒照射，密室的石門正緩緩打開。楊安說了「再見」後，關燈、開門同時發生，就像機關重啟一般，他打什麼鬼主意？

「密室裏原來另有一道暗門，也正打開。」李崗警官舉起電筒照向密室，「他從那道暗門逃跑，我們快追。」

「小心有詐。」我拉住他，「裏面太暗，敵暗我明。」

「曉得。」李崗警官拿電筒四下照射密室，探頭小心察看，「看來沒問題。學妹守在這裏，我們一起追。」

「是。」

石門已盡開，李崗警官從左側閃進密室，我則從右側進去，四面壁牆之間，除了中心位置架起一個金屬製葫蘆狀的三腳太極煉丹爐，空無一物，爐火差不多全熄，爐頂連接排氣管，把污煙廢氣引上地面，藉化寶塔掩飾排放。雲石地板的天然紋理在我們腳下延展出雜亂的圖案、奇怪的花紋。濃濃的藥材氣味在空氣裏瀰漫，還夾雜着一股微微的、不好聞的怪味，像鐵鏽味，總之不會是有益於健康的氣體。我捏着鼻、憋着氣，檢查煉丹爐背後，那兒是唯一可以躲藏的地方，也不見楊安的蹤影。他的去處，就只有暗門後面的秘道。

「追！」李崗警官穿過暗門。

不管秘道不知通往什麼地方，我倒不擔心楊安能逃脱，警察已封鎖廟的周圍，他一在地面露面，只會被捕。

我尾隨李崗警官追進去，走不了幾步，他卻退回來。

「幹什麼？」

「前無去路，秘道盡頭是一堵石牆。」

「會不會另有機關？讓我試找一下……」

「哎呀！楊安！別跑……」密室外傳來怡君的斥喝。

「中計！」我轉身跑回密室，密室的電燈再度放亮，暗門正緩緩關上，我回頭警告李崗警官「快跑」，腳步不停，望門口急奔，就在暗門關閉前，側身躍出秘道，再回頭，李崗警官被困秘道之內。

前面，密室石門已關上大半，怡君警官正與楊安在門外扭打。

可惡！我待要衝出去，石門也完全關上，把我擋在裏面。這道石門堅實厚重，任我如何踹推撞拍，絲紋不動。我也被困，只能隔着氣窗乾焦急。怡君警官嬌小，楊安肥壯，論體形力氣，楊安佔盡上風，幸而怡君警官受過搏擊訓練，以靈活和技巧彌補體能的不及，雙方打成平手。

「移步左側，出左勾拳打他的右肋。」我看出楊安轉身笨拙，虛位多的是，「好，右直拳搥他的鼻樑，下接雙指插眼，打得好，乘勝追擊，右膝撞小腹，足尖撩陰……」

「不打了，不打了，再打下去，給你打死。」楊安退到牆角大叫。

「不要鬆懈，小心他使詐偷襲，朝他的心窩先踢一腳，慢慢再說。」

「你們想收買人命嗎？我投降，我投降。」楊安縮在牆角。

此時，地面的警察聽聞格鬥與教路的聲音，趕下來，拘捕楊安。

「什麼一回事？」我隔着氣窗問怡君警官，「他怎會突然出現？」

「他一直躲在密室裏，把這塊印有保護花紋的毯子披在身上。」怡君警官拾起遺在地上一塊印有大理石紋的毯子，「當你們進入秘道時，他就衝出密室，以為我擋他不住。」

「真狡猾！」

「如何開門？」怡君警官揪住楊安的衣領。

「他不說就插眼、撩陰。」我大聲助威。

「我說，我說。」楊安慌了，「開關在石門的右下方。」

我馬上蹲下，拿電筒照射，果然找到牆腳有個拾圓大小的圓環，伸手試拉，拉得動，電燈熄滅、石門和暗門再度打開，我與李崗警官一同脱困。

「且看你煉什麼仙丹？要不要請搜證的同事拿一些回去化驗……」李崗警官挪

開煉丹爐的蓋子，大為詫異，「咦？空的……」

「他守住一個空的煉丹爐，瞎忙幾天，不是吧？」我也走過去瞧瞧，果然是空的，回頭揶揄楊安：「你患上思覺失調嗎？有病就要看醫生，別跟警察開玩笑。」

「不會的，九轉金丹明明在裏面……」楊安的詫異更甚於我們。

「捉人破案，算了，別弄得這麼複雜。煉丹、童子尿，教我如何下筆寫報告？」李崗警官蓋上煉丹爐，「捉到其餘兩個共犯，就功德圓滿。」

「楊金花和陳心樂在哪？」怡君警官再逼問楊安。

「我真的不知道。」楊安苦着臉搖頭，「我自身難保，還管得他們嗎？」

這話倒不似說謊。

此時，我口袋裏的手機振動，收到訊息。我拿出來一看，愕然道：「我知道陳心樂在那裏。」

他們連忙湊近，我讓他們觀看陳心樂傳給我的照片，是一張他牽着三毛站在家裏水缸頂的自拍照。照片中，他神態自若，三毛的樣子卻是惶恐不安。

「他脅持三毛。」怡君警官慍然。

照片夾附一則短訊：「誠邀閣下觀賞我的最後演出。閉門表演，座位有限，只限兩位參加。」

「你們應邀前往，我帶人暗中支援，先救出三毛，再捉拿他。」李崗警官吩咐道。

結果，我們完成一半目標，救了三毛，卻被陳心樂逃脫，最糟糕的是，連他如何逃脫也不知道。

「我知道。」徐國安舉手。

「你不要亂說。」林慧姍按下他的手。

「你給我乖乖坐定，讓他說。」我橫林慧姍一眼，她常不經意的阻慢警方追捕陳心樂，我以厲眼糾正她。

沒林慧姍阻止，徐國安站起身，信心滿滿的指着水缸底，侃侃說道：「大家看沉在缸底的小量碎片，我懷疑那是類似魚炮的東西，我從前到泰國旅遊時見過當地漁民用魚炮捕魚，陳心樂這玩意當然相對簡單，爆炸力弱得多，他旨在製造混亂，令人誤以為他跳進水裏，其實他趁紅布阻擋我們的視線、水花擾亂我們的心神，跳上後面的樓梯，逃往二樓。」

「好眼力，有見地。」我匆匆穿回鞋子，一面給他一個大拇指，一面追上樓梯。

梯級上果然遺下水跡及鞋印。

我一口氣跑上二樓。二樓沒人。那扇長開的窗子完全打開，窗台殘留水跡，獨眼黑貓恰恰蹲在窗台上。

「貓咪，借過。」我攀上窗台，待要追蹤陳心樂的逃跑方向。

「喵……嗚……」那黑貓非但不讓開，反而發出心懷敵意的低沉叫聲，我一靠近，牠迅速出爪，我的鼻尖一涼，已遭牠抓傷。一擊得手，牠的第二爪隨即揮來，我急急後仰，避過牠的追擊，卻重重的摔臥地上。那隻可惡的黑貓殺得性起，從窗台鬆尾躍下，趾爪盡露，向我的臉攻來。我看準來勢，臥地提腿向上勾踢，踢中牠的屁股，牠像一個「倒掛金鉤」的足球，在我吐舌扮鬼臉的面前飛過，跌出二樓，滾下樓梯。

好險！臉上幾乎多了幾道疤痕，雖然男人的疤痕可解讀為有性格，但被貓爪傷的卻是另一回事。

「那隻貓？你跟牠打架？」怡君警官也跑上二樓，露出一副不可思議的表情，「你的鼻子被牠抓傷？等一下……」她從戰術背心的口袋裏取出一塊印上愛心圖案的藥水膠布，替我貼在鼻頭的傷口上，惹來一陣刺痛。

那獨眼黑貓四處流離浪蕩，不知摸過什麼、抓過什麼？爪上有沒有細菌？要不要打破傷風針？

不敢多想，也沒時間多想，我攀回窗台，不抱太大希望的四下張望，被那黑貓阻誤，陳心樂已逃得無影無蹤。

重返樓下與其他警察會合，大家都關心我鼻子上那塊「愛心膠布」下的傷勢，我頻說沒大礙，逐一詢問他們有沒有發現陳心樂，答案都是沒有，儘管警察分佈在前街後巷，把陳心樂的舊機車店包圍得滴水不漏，但他避過警察的監視，越窗遁逃，倒也是「神乎其技」，不由我不在心裏暗暗寫個「服」字。

英語世界有句諺語：It never rains but it pours，意思跟我們常說的「禍不單行」相近，總之，倒霉的事接踵而來，這邊陳心樂全身逃脱，另一邊，接到電話，楊金花在泰安派出所「搶犯」。

「楊安怎會在鄉郊派出所？」我不明白。

「我們在廟裏拘捕楊安後，為要趕來這裏支援你們，暫時把楊安扣柙在附近的泰安派出所，待抓到陳心樂，才派警車去把他接回市區的警局。」李崗警官在車上解釋，「誰想到楊金花竟敢跑到派出所搶犯，簡直膽大妄為！」

「楊金花闖入派出所的現場攝錄在網上瘋傳呢！」怡君警官操作手機，「我把連結傳給你們。」

「嘟——」

手機收到短訊，我馬上打開連結。

3

泰安派出所其實是一處著名的賞櫻景點，生長在派出所周圍的櫻花樹近日盛開，吸引大批遊人到訪「打卡」。影片是遊人拍攝上載的，拍攝的焦點本來不是楊金花，主角是個短裙長靴的少女，她趁着左右沒人入鏡，趕快站在櫻花樹下，擺出甜美可愛的 post，準備攝錄一段人比花嬌的影片，誰知楊金花橫衝直撞的闖過鏡頭與櫻花之間，妨礙人家拍攝，惹來一陣側目。不過，楊金花完全無視旁人的目光，大搖大擺的穿過人羣，去到派出所門外，不敲門，不按鈴，一掌把大門推開。因為遊人太多，警員把大門掩上，不讓外人看見派出所的內部情況。

楊金花進入派出所後，拍攝的人打算放棄跟拍，就在停拍前一刻，派出所裏傳出吵架聲、打鬥聲，接着大門打開，一個頭腫臉青、衣衫破爛的警察狼狽逃出，又接着，另一個警察像拋接球一般被人擲到街上。遊人無不駭然，紛紛湧向派出所看個究竟。鏡頭下，但見楊金花拖着楊安從裏面出來，跑到大門口，裏面的警官追出制止，反被楊金花一腳踹飛，撞爛一張木椅，跌回辦公室內。那一腳的力道可不小呢！先前逃出派出所的警察拔出手槍，喝令楊氏兄妹停步。楊金花眼神異常，神情亢奮，非但不降，反而趨前攻擊，警察向天鳴槍示警，楊安拉楊金花退回派出所，遊人作鳥獸散，拍攝終止。

「搞什麼鬼？」李崗警官放下手機，苦惱地瞅着擋風玻璃前面的空空車道，「楊安的腦袋長草、灌水嗎？由拐帶小孩變成襲警、越柙，禍愈闖愈大。他要坐牢是他的選擇，可不要連累我揹上辦事不力的壞名聲，讓事情鬧大。」

「我查到多一些關於楊金花的資料。」怡君警官睜眼閱讀手機上的資料，「楊氏兄妹出生於魔術世家，父母都是出色的魔術師，兄妹兩人分別拜父、母為師，楊金花得到母親的真傳，技藝較兄長更勝一籌。原來是魔術高手，我以為她是尋常的阿姨、大媽。後來她患上精神病，進過精神病院，病發時，有嚴重暴力傾向。康復後，一直居於楊安家中，平靜過活。」

「瘋子……」我大為錯愕，「楊安派她照顧被拐的小孩，這麼危險，他也瘋了不成？」

開車的警員不敢怠慢，一路鳴笛加速，轉眼趕抵泰安派出所，會合其他到來增援的警車。下車後，李崗警官果斷下令：「封鎖前後街巷，把遊人驅走，勒令派出所對街的攤販立即收檔離開。」

他們在派出所旁邊的籃球場設立臨時指揮中心。

籃球場周圍的櫻花開得特別茂盛。

無端多了一宗「瘋婦大鬧派出所」，對遊人來說，賞櫻的CP值意外提升，大家都變身記者，興致勃勃地站在封鎖線外，蹬直腳跟，伸長脖子，舉起手機，遠距離作現場報道。

避免意外入鏡，我刻意遠離警察，靜靜靠在櫻花樹底，不讓自己曝露在公眾視野之內。畢竟是特工嘛。怡君警官明白我的心思，特別拿着筆記本電腦過來，讓我看派出所內的CCTV實時影像。在鏡頭下，楊安不住來回踱步，時而搔頭，時而歎氣，事情鬧大，他苦無脱身之策，自作孽，活該！相反，楊金花在報案櫃枱上，閉目盤膝而坐，像老僧入定一般，對身旁的一切，不聞不問，襲警越柙彷佛跟她毫無關係。至於那個被脅持的警官，坐在辦公桌前，身體沒明顯的傷痕，也沒被綑綁，但他滿臉驚恐的盯着辦公桌上一個牛頓擺飾物，不敢稍動。曾經身受其害，我當然明白旁人看來那只是一個左晃右晃的吊球飾物，但在他眼中說不定是一隻五彩斑斕的巨大蜘蛛，或者一條張口吐信的粗大蟒蛇。

「你們有何對策？」我問。

「派出所的吳警官在他們手上，投鼠忌器，不敢貿然強攻。游説嗎？他們又不理睬。」怡君警官像把「一籌莫展」寫在臉上，「奇怪的是，沒綁沒銬，吳警官為什麼不逃？」

「他逃離派出所，你們就好辦事。我有辦法，你們當中有沒有神槍手？」

「神槍手就不敢當，我開槍的準頭滿不錯的，在警察大學受訓時拿過射擊冠軍。」

「那就好辦了。看，派出所這個窗子可看到那幢透天厝的天台。你在天台開槍射毀辦公桌上的牛頓擺，吳警官自會懂得逃跑。」

「就這麼簡單？」

「我的經驗之談。反正你們也沒對策，一試無妨。你請李崗警官在門外埋伏，當吳警官安全逃出，馬上進去捉人。」

怡君警官多瞧我一眼，將信將疑的跑往其中一輛警車，掀開車尾箱，取了一枝AWP狙擊步槍，再跑去跟李崗警官商議，兩人同時回望我一眼，將信將疑的表情「傳染」給李崗警官。就連陳心樂的自我催眠回想車牌號碼，他們也不相信，我受到催眠看見霧中人狼、超級蜘蛛，實在不知如何說得明白。然而，他們相信不相信沒關係，辦法行得通，解決問題便算了。

大概李崗警官抱着姑且一試的心態，讓怡君警官攜槍跑向那幢透天厝，他同時指派警員拿着非致命的電擊槍悄悄移近派出所。

射爛的只是一個牛頓擺飾物，就算不成功也不打緊，除非怡君警官誤射人質或楊氏兄妹，射擊冠軍總會靠譜吧？

透天厝不高，跑四層樓梯即到達天台，怡君警官體力充沛，不消三分鐘便蹲在天台矮牆後面，架起狙擊步槍瞄準派出所。派出所門外，警察亦已就位，隨時攻堅。

萬事俱備，只欠——

砰——

子彈從天台射出，掠過一株櫻花樹梢，肉眼看不見的衝擊波和氣流首先摧毀一朵櫻花，血色的花瓣迸裂濺飛，緊接着，派出所的玻璃窗「波」的多了一個彈孔，千分之幾秒後，辦公桌上的牛頓擺中彈毀爛，支架四分五裂，銀色的金屬圓珠四散，滾到不同的角落。

CCTV鏡頭下，吳警官像在噩夢中乍醒一般，從椅上彈起，摔落地板，擦擦眼睛，大概發覺桌上的怪物不見了，於是連爬帶逃的往外跑。旁邊的楊安聽聞槍聲，知道警察攻堅，擔心子彈無眼，馬上抱頭躲在牆角。至於報案櫃枱上的楊金花，仍然不動如山。

吳警官逃出大門，警察隨即衝入，為首兩名警員擎着拋射式電擊槍，對準楊氏兄妹。

楊安看似高喊投降，舉手過頭，蹲地不動。

楊安已束手就擒，目標只剩楊金花。警員見她毫無動靜，兩人一左一右的嘗試把她拉下櫃枱，竟拉不動，使勁再拉，勉強動了一下，就在此時，楊金花突然張眼，兩臂發難一振，把警員甩跌，撞及身後的同僚，霎時人仰馬翻，亂作一團。楊金花接着雙掌拍枱借力彈起，望中彈的破窗撲去，她的動作敏捷，神態怪異，令我想起那隻獨眼黑貓，人瘋貓狂，兩者都給我吃過苦頭，我不經意的搓一下鼻頭，希望沒創傷後遺症。

就在楊金花「嘭」的破窗之際，我搶出樹底，待要在窗外出招把她制伏，卻見她跌在窗下的花槽內，壓扁幾株花草，全身打直、癱軟，看清楚，她的背部插着兩根帶着電線的電擊飛針，手持電擊槍的警員追到窗前，探頭查看，原來他及時開槍，三萬伏特的電流即時把楊金花電昏，省得我在眾目睽睽之下出手。

「櫻花景點」的亂局終告平息。

背後，怡君警官扛着狙擊步槍跑回來。

「好槍法。」

「過獎了。射毀那牛頓擺後，吳警官就懂得逃跑，到底是什麼一回事？」

「是催眠……」我於是把農舍的經歷如實相告。

她還是那副將信將疑的表情，蹙起眉頭，希望想出更合常理、更科學的解釋，可是詞窮話拙，無從反駁。反而一直抗拒「催眠」的李崗警官湊過來聽了一會，卻表示認同：「世界之大，無奇不有，這兩兄妹古靈精怪，說不定懂得妖法幻術。」

「看來你有新發現？」我對他另眼相看。

「你們瞧這些藥丸。」他讓我們觀看其中一個透明的證物膠袋，「剛在楊金花身上搜出的，楊安認得是他不見了的九轉金丹。據楊安估計，這藥雖不成功，沒長生不老的藥效，但楊金花生性節儉，知道用名貴藥材提煉，不欲浪費，便拿來當補藥服食。」

「你的意思是，她服食這些藥丸，變得力大無窮？」我隔着膠袋捏一下藥丸，「它的成分不明，外觀像烤焦了的虱目魚丸，又黑又臭，我就不會把它吃下肚裏。」

「也可能她受到藥物刺激，引致精神病復發，處於癲狂狀態的人，理智和身體失控，會給人一種力量強大的錯覺。」怡君警官想出一個合乎科學的解釋。

「你們的說法各有道理。」李崗警官收起證物袋，「待化驗結果出爐，便知哪個說法較接近事實。」他向周圍的警員打手勢，示意收隊。

警車陸續開走。

我告訴怡君警官，在這裏逛一會，晚一點用「呼叫小黃」找計程車返回市區。一來跟警察保持距離，二來既然來到著名景點，案件告一段落，無妨放鬆心情，看看櫻花。我最初的目的是救回被拐的小孩，拘捕陳心樂我倒不熱衷，反正楊氏兄妹落網，追捕陳心樂就留給本地警察吧，老實說，我不想親手拘捕他。

從今以後，陳心樂再不能無拘無束地表演街頭魔術，變成一個沒觀眾的魔術師，對於他，已是做錯事的懲罰。

回想他的最後表演，真的不錯，可惜被徐國安揭穿他的瞞騙技法。

永沒完美。

花無百日紅。

櫻花季節短暫，開時絢麗，落時淒美。別的花物凋謝枯萎，樣子醜陋可憐，惟獨櫻花開到最美的一刻，才離枝飄落，一瓣一瓣維持着美好的顏色結束生命。花季結束，落櫻繽紛，形成華麗絕豔的「吹雪」，在地上鋪滿厚厚的一層嫣紅的花瓣，也是一分詩意，所以蘇曼殊寫下這些名句：

春雨樓頭尺八簫，何時歸看浙江潮？
芒鞋破缽無人識，踏過櫻花第幾橋。

今日互聯網大行其道，照片、影片一上網，就無人不識。楊安、楊金花兄妹大鬧「櫻花景點」，網民不斷轉載，不消一天他們就名滿天下。

同樣櫻花盛放的日本，櫻花的花開花謝，影響日本人的生死觀，據統計，櫻花季節是日本人的自殺旺季，太宰治的「死亡是最美的藝術」，三島由紀夫在生命最美的時刻切腹自盡，都不離這種「超脱」的思想。

相較之下，台灣人的賞櫻心態就「在地」得多，沒生死枯榮的聯想，光看派出所對街陸續重新營業的炸雞扒、手搖飲、手抓餅、滷肉飯、茶葉蛋、水煎包、小籠包、蚵仔麪線、漢堡吐司、烤山豬肉、大腸包小腸，簡直把整個夜市從忠孝路搬到這裏，賞櫻不忘飲食，非常平民化，攤販趁着櫻花季節多做一點小生意，這才是實實在在的生活。

4

「我可以每天吃同樣的早餐、在同一條步道散步、跟熟識的臉孔點頭打招呼，十年如一日都沒問題，我就是不喜歡轉變，不，與其說不喜歡，更準確一點，是害怕。

「我害怕轉變。我從小習慣離羣獨處，喜好常跟同齡的人格格不入。當大家一窩蜂的去打球、玩水、捉迷藏，我就坐在一角看書；當大家聚在一起交換漫畫，互相傳閱，我就去跑步，鍛煉身體；當大家挑燈夜讀，預備應考，我就日以繼夜的練習魔術。離羣獨處強化我的個性，獨立思考，我行我素，不理會別人的目光和意見，頑強地堅持自己的看法和選擇，可以日復日、月復月的不懈地練習，練成了，便走上街頭表演。街上的觀眾最直接，好看不好看，精彩不精彩，即時知道，好看，他們便駐足，不好看，他們不徇情面地走開，精彩嗎？掌聲是熱烈的，不精彩嗎？倒彩也喝得熱烈。

「有時，他們是三百六十度的圍觀，小道具不能收在背後，隨時穿幫，挺刺激的，不過，難度大，滿足感也大，我喜歡。」

陳心樂沒逃跑的意圖，他呆呆的站着，雙眼怔怔的瞅着我們身後的小河，「我害怕轉變，可是，轉變偏偏追着我而來，那年在香港的恐怖經歷，我欠師父一條命，不得不讓步，儘管一讓步就沒回頭路，一日為師，終身為父，何況是救命恩人。我沒後悔，後果早就計算過，能夠承受，也願意承受……」

背後，羣眾的熱情歡呼忽地爆響，無需轉身或回頭，已知道那隻十米高的「Happy 兔」在強勁節拍的音樂聲中、在水霧燈光映襯下，慢慢升出河面。

這場動態燈光 show，一小時前，我已看過了。

「你説的並非事實的全部，至少當你看書、跑步時，我在你旁邊。」林慧姍牽着陳心樂的手，睨着我，「看完展演再說吧。這場燈光秀滿不錯的，心樂一場來到，不應錯過。」

一小時前，怡君警官跟我說過類似的話，在河岸一處較高的位置，我們坐在石凳上，跟靠近欄柵的市民保持一段距離，正正的對着「Happy 兔」的屁股，從這個角度看秀的人較少，不覺擁擠。

這場燈光show滿不錯嗎？大凡在香港尖沙咀看過「幻彩詠香江」的人，多半對「Happy 兔」提不起興趣。

我沒興趣，卻羨慕。

我羨慕的不是兔年元宵燈會的盛大和美麗，而是台灣人的幸福感。

剛才泊好車，一路走過來，沿途盡是扶老攜幼的一家大小、卿卿我我的男女戀人、笑聲不絕的三五知己，吃過晚飯後一起到中央公園熱鬧一番，由於戶外無需戴上口罩，可以清楚看見大家的臉上都掛着幸福的笑容。

除了主燈「Happy 兔」，其餘的燈飾裝置其實頗簡單，主要是燈泡加電線，不過，配以創意與想像力，效果出奇地好，為小市民帶來耳目一新的晚上。

例如，中央公園入口處的天橋底，大會放置了一根根巨型的充氣塑膠紅蘿蔔，在死氣沉沉的橋底通道「墾出」一塊朝氣勃勃的蘿蔔田畝。又例如，小市集旁邊的空地，本來只得一些不高不矮的灌木，無甚可觀，設計者用燈泡串在樹腳、在地上圈成一個一個的光環，又在個別光環內置一隻塑膠兔子，或一雙兔耳，就在平平無奇的空地「鑽出」大小不一的兔子洞。還有，在河畔的大草坪上，工作人員把無數的 LED 小燈串鋪在草間，關掉周遭的路燈，輕而易舉的，把天上的星光「採摘」下來。

人們或抓着蘿蔔愉快地打卡，或跳進兔子洞裏在鏡頭前擺出各種趣怪的姿勢，或走在星光路上幻想自己漫步銀河，盡都笑容燦爛，台式「小確幸」果然名不虛傳。光看這些人文風景，已較燈會吸引多了。

5

幸福可以很簡單。

不過，在離開台灣前一晚，唐突地接到怡君警官的電話，她欲言又止的囑我立即前來元宵燈會，我就感到殊不簡單。

年輕女孩參加元宵燈會，急於找人作伴，怎也不會找到我這個「工作夥伴」吧？除非她暗戀我，趁我仍在台灣，急於向我表白。

我想不到第二個原因。

「展演開始了，我們先看，反正一場來到，不應錯過，燈效滿不錯的。」她落落大方的回答，令我不敢再旁敲側擊，大概是我想多了，於是不好意思作聲。

「好吧，你就是心急。」她拍我的頭，「我揭盅好了。」

她真豪爽，就連表白也像兄弟把盞言歡。可是，豪爽的女孩不是我那杯茶呢！

她的手拍落我的頭頂，沒挪開，加點力把我的臉擰向她，同時她也把臉湊過來。

小姐，請勿太猖狂，周圍這麼多人，輕輕親一下好啦，我不想被人把接吻過程攝下再上載互聯網。

她的主動，令我又驚又喜，心如鹿撞，情迷意亂。

然而，她並沒吻下來，櫻唇只湊近我的耳珠，呵氣如蘭，把我的耳珠弄得癢癢，心更是癢癢。她真淘氣，想不到。畢竟我是男的，採取主動的應該是我，好吧，我決定稍微親一下她的臉……

「看我的左後方，三點位置。」她在我的耳邊低聲說。

「嗄——」我愕住了，抬眼一看，「那是林慧姍嗎？」幸虧我的「制動系統」沒失靈，沒親下去，不然就尷尬死了。

「對，我跟蹤她來到這裏。」怡君警官扳我的頭，「看見她挽在手上的旅行袋嗎？」

「看見了。」我順勢正襟危坐，把非分歪念拋諸腦後，假裝不經意的揉搓後頸，剛才的「緊急剎停」希望沒把肌肉拉傷。

「自陳心樂告別演出後，林慧姍跟徐國安分手。這星期，她不斷沽售股票、債券，又到不同的銀行領取大筆現金。」

「她為陳心樂籌錢跑路。」我看着她那看似重甸甸的旅行袋，「她今晚把錢交給陳心樂。」

「我也這樣估計，但猜不透他們為什麼相約在這人來人往的地方交收？不怕被人認出嗎？」

「也許，他們最後一次同看燈飾，畢竟是元宵節。」我掃一眼周遭，「只得你一個？不見李崗警官？怎沒部署埋伏？」

「我沒通知他。他來，一定拘捕陳心樂。老實説，應否放陳心樂一馬，我決定不了，反正連環拐帶案的主腦已經落網，足夠交差。」

「你把決定權交給我？」

「嘻嘻，今晚一路跟蹤林慧姍，我一路思考該如何做，便想到你。你是外地人，思考方式跟我們不一樣，旁觀者清。」

交由我這個外地人決定是否拘捕陳心樂，作為本地執法者，她不覺得過分嗎？

就這樣，一小時後，陳心樂無聲無色的在人叢中出現，慢慢靠近舊情人，與她一同觀看元宵燈飾。

我和怡君警官一前一後的走到陳心樂跟前，堵截他的逃跑路線，他亦知道逃不了，從容站定，只是嘮嘮叨叨的發了一陣小牢騷。我們都是通情達理的人，既然林慧姍要求讓他們看畢「Happy 兔」動態燈光 show，我們便多等三分鐘。

其實，燈光 show 真的不好看，「Happy 兔」的所謂動態，就只有上升下降，不會轉，不會動，我們這個位置，永遠看到兔屁股，音樂起，它升離水面，音樂落，它降回「兔穴」，儘管就是這樣，亦足以為小河兩岸的市民帶來美好的幸感，陳心樂和林慧姍緊緊的牽着對方，至少在這一刻，不離不棄。

怡君警官輕輕走到我旁邊，與我並肩而立，仰臉瞧着兔屁股，不知是風吹還是地震，也不知是誰先動手，總之，我們的手背不自然的互相觸碰，然後尾指相勾，然後兩手相握，這一刻，這一點，我們心意相通，取得共識，一同作了決定。

6

「嘟——」

手機收到短訊，打開檔案，是一張「Happy 兔」的照片。

「什麼資訊？」R沏了兩杯茶，端到茶几上，茶葉是我從台灣帶回來的高山烏龍。

「怡君警官傳來的照片。」我讓R看手機屏幕，「她向我問好。」

「很漂亮啊！」R瞄一眼「Happy 兔」，笑了笑。

「照片還可騙人，現場看，僅是一般貨色。」

R挨我坐下，呷了一口茶，道：「芳香醇厚，不濃不淡，上好貨色。」

「李崗警官送的。」

「他們真客氣。對啦，那個陳心樂的下場如何？這星期，我跟你各有各忙，沒時間聽你的台灣故事。」

「是這樣的，那晚，看完『Happy 兔』的動態燈光 show，我提議陳心樂多表演一次街頭魔術。」

「臨時臨急，沒道具，沒預備，叫他如何表演？你強人所難吧。」

當時，陳心樂也是這樣說。

「大哥，我沒預備，手邊沒道具，怎表演？你要抓要鎖，悉隨尊便，請別拿我開玩笑。」

「道具，有呀，林慧姍不是為你預備了嗎？」我盯着林慧姍的旅行袋，「你大可表演在我們眼前消失。」

「我？」林慧姍低頭瞄一眼旅行袋。

「沒猜錯的話，裏面全是現鈔，對嗎？你探手進去隨便抓一把出來。」

「幹什麼？」陳心樂狐疑。

「啊！我明白了。你給我拿着。」林慧姍趕快把旅行袋塞給陳心樂捧着，然後拉開拉鍊，雙手從袋裏抓出一大把藍色的千元紙幣。

旁邊開始有人留意到林慧姍不尋常的舉動，好奇地停步看個究竟。

「撒吧。」怡君警官伸出食指，向上虛晃，「使力地撒。」

「預備好了？」林慧姍轉頭望着陳心樂。

「唔。」陳心樂大力點頭，「謝謝兩位。」

林慧姍稍為彎腰曲腿，雙腳蹬地，雙手痛快地向上揮揚，剎那間，藍色的「小朋友」滿天飛，旁人無不嘩然，同一時間擠上前、擁過來、跳起抓、蹲下撿，秩序大亂。

在我們和他們之間突然多了一重又一重的瘋狂人牆。

人羣瘋，我們倒也不傻，只會袖手旁觀，不會制止，更不會硬闖。

沒多久，錢拾光了，人羣散開，陳心樂和林慧姍不見了。

表演精彩，完美無瑕。

後記

心樂最初引起我注意是他的橡皮筋。

為什麼這個LMMA（圖書館的外判職員）在手腕上圈着十幾根五顏六色的橡皮筋？LMMA天天上書、執架，戴護腕的多，橡皮筋倒是罕見。後來他告訴我，原來玩魔術的人常戴橡皮筋，長知識了。

上班的日子，我喜歡巡館，不想長時間獃在辦公室，走走樓梯，上上落落，減減腰圍。同事不怕我「巡查」，亦不讓我為難，遠遠看見我，識趣地收起手機，有些還暫時放低手上的工作，跟我閒聊幾句，其中以心樂最害羞，說話老是垂頭小聲，我的耳朵不好，聽得挺辛苦，真想拿他的橡皮筋彈他一下。

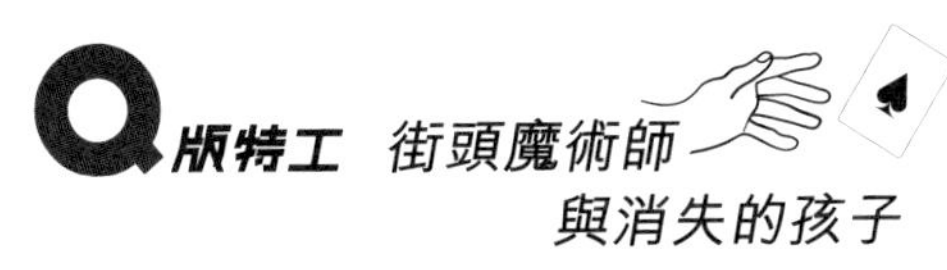

看了心樂的序言，方知道我不經意的常把「無所謂啦」掛在口邊。回想一下，的確是，我分派工作給下屬，只問成效，不管流程，他們遇到困難隨時找我商量，適當時候告訴我進度，其餘的讓他們自由發揮，只要不違規，如何作都沒所謂，作風完全沒圖書館的陋習，即下屬要向上司朝請示、晚匯報，上司要掌握下屬的辦事細節，最好一再 briefing、double-checking 或 rehearsal，不斷化簡為繁，小題大做。說穿了，是上司沒事幹、沒自信、沒能力，不希望下屬不受掌控，幹得比自己出色，結果弄到大家都忙得團團轉，情緒繃緊得像扯長又扯長的橡皮筋，久而久之，下屬怕麻煩，對策是，你要怎樣做我就怎樣做，不做多也不做少，職場氣氛變得因循、保守，決策永遠是閉門造車。

從第一天入行我就抗拒這種歪風。

二十多年來，在我所能控制的範圍內，工序是合理、直接、在地的。圖書館不是醫院，出錯不會死人，上錯一本書，少貼一張通告，多收一單投訴，都沒什麼大不了，沒所謂啦。

說回心樂，他大學畢業後，升職了，由LMMA晉升為Supervisor，不需駐館當值，缺人時才來當一、兩天替工，以及每月陪老闆來開一次例會。

說到開會，我就頭痛厭煩。在會議桌上，短話長說刷存在感、卸責爭功把敵對「馬房」踩在腳底下、玩弄議程騎劫會議等常見的行為，我都不屑。外出開會，在人家的主場，沒辦法，開會也是工作，唯有默默「參與」，等候那些演說的、騎劫的、搶咪的抵不住餓，願意散會。

到了我的主場，我當然不會浪費光陰，說完開場白，交代重要事項，就提早離席，把細節留給助理館長跟外判公司老闆慢慢談。離去時，經過心樂身旁，總跟他點點頭或拍拍他的肩，鼓勵他撐下去，因為開會也是工作。我相信，心樂人在會議室，心不是飛到小說世界，就是魔術舞台。

我常在網上看心樂表演魔術，無緣現場欣賞。心樂經社交媒體發放他在公園、球場、街頭的魔術視頻，多是近距離、一對一的表演，看的投入，演的精彩，儘管隔着電腦屏幕，仍能體會到他們的快樂。看過心樂的表演，社交媒體自動為我推薦其他街頭魔術，視頻愈來愈多，不同國家、不同臉孔、不同道具，我看多了，便想到以魔術作切入點，寫一本小説，角色自然以心樂為原型，事前沒跟他溝通，創作是「閉門造車」，角色的思想行為按照人物設計和情節推演，順筆而寫，心樂看過初稿，竟説跟他的想法相近，倒是意料之外。

總之，感謝心樂。